소래갯벌공원

소래갯벌공원

최일화 시집

이담
Books

자서

　이번 시집이 여덟 번째다. 1부와 2부는 신작시로 꾸몄다. 나머지는 모두 이미 출간된 시집에서 발췌했다. 저자의 판단에 따라 임의로 선정했다. 이로써 그동안의 시 작업을 총 정리한 셈이 된다. 그동안 내 시가 별로 발전된 것 같지 않아 좀 곤혹스러웠다. 연륜과 더불어 장족의 발전을 하는 시인들을 보아왔기 때문이다. 그렇지만 시류에 눈 돌리지 않고 내 삶을 성찰한다는 일념으로 글을 써왔다는 점에선 안도한다.

　내 시는 따로 해설이 필요 없다. 누구나 읽으면 그냥 쉽게 알 수 있는 내용이 대부분이기 때문이다. 내가 시재가 부족한 것인지 게으른 탓인지 난해한 시엔 흥미를 갖지 못했다. 난해한 시를 어떻게 읽어야 하는지 한때 관심도 가져보았지만 내 취향이 아니라는 결론이었다. 난해하지 않고도 감동적인 시를 쓰는 것이 내 문학의 과제라고 생각했다. 물론 각각의 시는 나름대로 장점이 있다. 난해시를 아주 도외시한다는 뜻은 아니다. 더 공부를 해볼 것이다.

　정년을 맞이하면서 이 시집을 출간했다. 30년이 넘는 교직생활에서 이제 자유로워지면 내 생활에도 일대 변화가 올 것이 분명하다.

그때 내 시가 어떤 변모를 하게 될지는 아직 나도 모른다. 계속 시를 써야겠다는 생각뿐이다.

이번에도 인천 남동구청의 문예진흥기금을 지원받아 이 시집을 엮게 되었다. 관계자 여러분께 고마움을 전한다.

2011년 6월 1일
인천 미추홀도서관 디지털멀티미디어센터에서

 … 목차

2부 내가 보고 있으나 마나

3부 황토길

(제 1, 제 2, 제 3시집에서 발췌)

4부 겨울 배추밭에서

(제 4, 제 5시집에서 발췌)

5부 엄마 품
(제 6, 제 7시집에서 발췌)

1부

뙤약볕

뙤약볕

땀을 뻘뻘 흘리고
얼굴 까맣게 그을리라고
뙤약볕은 쨍쨍 내리쬐는 것이다
땀이 뻘뻘 나면 바람을 맞고
얼굴 까맣게 그을리면
그늘에 들라고
뙤약볕은 자꾸 불러내는 것이다
사람들이 모두 나와
벼논에 벼
콩밭에 콩
무럭무럭 자라는 것 바라보라고
감자밭에 감자
수수밭에 수수
너울너울 자라는 것 바라보라고
뙤약볕은 한여름내 내리쬐는 것이다

입춘

골목 바람에 남풍의 입김 서려 있다
들녘 바람에 화신의 향기 섞여 있다
새들의 날갯짓엔 새 봄의 기쁨
한낮 햇살엔 노란 꽃가루
가겟집 유리창에 어린 봄의 웃음소리 소란스럽고
멀리서 둥 둥 둥 북을 울리며
수런대며 다시 봄이 온다네
반짝이는 봄 물결이랑 사이로
춤을 추듯 사뿐사뿐 찾아오는 봄
흰 구름 두둥실 띄워 놓고
봄은 벌써 동구 밖에 당도하시네

신록에 세탁하다

푸른 들판에 텐트를 치고 앉아
만해 특집을 읽다가
목침 베고 벌렁 누워 신록의 산야 바라보니
선계에 들어앉은 신선 같다
대지를 달구는 뙤약볕
들판을 내달리는 푸르른 양떼
나는 지금 풀밭 한 가운데서
푸른 바람에 나를 세탁하고 있다
신록의 물감으로 나를 물들이고 있다
장미에게 바통을 넘기고
마지막 향기를 뿜어내는 아카시아 숲
까투리 알을 품는 사이
풀 섶에선 장끼 한 바탕 목청을 뽑는다
지금 나는 가장도 아니다
교사는 더욱 아니다
첫사랑에 몸살 앓는 사춘기 소년 되었다가

바람과 함께 뒹구는 제 나이도 모르는 천치바보 되었다가
이역만리 낯선 도시 한 점 바람 되었다가
다시 <학산문학> 특집을 읽는다
들판엔 지금
눈부신 신록과
내리쬐는 뙤약볕
그리고 눈 먼 소년이 하나 있을 뿐이다
이따금 하릴없이 질러대는
장끼란 놈 카랑한 목청 들려올 뿐이다

거미

거미 한 마리
텐트 바닥 기다가 벽을 타고 오른다
바닥으로 급선회 종종걸음이다
불안한 기색 역력하다
저만치 텐트는 두 곳이나 열려 있는데
문지방 하나만 넘으면
유월 들판 질펀한 평화 펼쳐졌는데
극락과 지옥이 문지방 하나 사이인 걸
내가 자리를 뜨며 텐트 거두면
천상천하유아독존, 너는
폼페이 유물처럼 압사하고 말리라
시 쓰던 종이로 받쳐 들어
극락의 풀 섶으로 힘껏 던졌다
너는 지금 대지의 평화 누리고 있으리
누가 나의 종이가 되어줄까
나를 번쩍 들어 푸른 들녘으로 힘껏 던져다오
문명의 열섬에서 벗어나
극락의 물소리 듣고 싶다

너는 봄이다

가을이 채 가기도 전에
분주히 떨어져 내리는 낙엽 사이로
겨울이 채 오기도 전에
내려 쌓이는 폭설
그 빙원의 매서운 칼바람 저 쪽
나의 봄은 거기 날 기다리고 있다
지는 낙엽과 함께 잎은 또 돋아나고
칼바람 속에서도 붉은 꽃잎은 피어나는 것을
가을이 채 가기도 전에
겨울이 채 오기도 전에
대지는 이미 꿈에 부풀고
너는 봄이다
지금 저만치 외로운 봄
나는 나의 봄을 기다리고 있다

씨앗주머니

삼동이면 사람들은
봄을 기다리며 목욕탕으로 간다
꾸부정하게 몸을 움츠리고
어슬렁어슬렁 골목길을 걸어 목욕탕으로 간다
아지랑이 피어나는 목욕탕에 새싹은 파랗게 돋아나고
성급하게 사람들은 바다로 뛰어든다
에덴을 떠날 때 입고 나온 옷 훌훌 벗어던지고
모두 고향으로 다시 가고 싶다
따뜻한 햇빛 속에서 오줌을 갈기면서
젊은 아담은 고개를 갸우뚱했을 거야
이브를 바라보며 갸우뚱했을 거야
대롱대롱 매달려 있는 씨앗주머니
쭉정이 씨앗주머니가 지느러미처럼 흔들리고
여러 번 뿌려 풍성한 수확 거둔 역전의 씨앗주머니가
곤하게 잠시 눈을 붙이는 사이
밭이 없어 씨앗을 묵히는 씨앗주머닌

건식사우나 습식사우나 소금사우나로 전전한다
싱싱한 씨앗, 씨앗주머닌 하루가 멀다 하고 문전옥답에
씨를 뿌릴 테지
봄날같이 따뜻한 목욕탕엔
낙원에서 추방된 씨앗주머니로 가득하다
아담에게도 씨앗주머니 달렸을까 여전히 궁금한데
하나씩 차고 달랑거리는 씨앗주머니
만반의 태세를 갖추고 어서 봄이 오길 기다리고 있다

고향집 아랫목

지금도 세상엔 많다
아들에게서 온 편지를 읽지 못하는 어머니
아들에게서 편지가 오면
동네 이장이나 이웃집 학생에게로 달려가는 어머니
아들이 학교에 가 글을 익히고
저 넓은 세상으로 씩씩하게 나아갈 때
하루 종일 고된 노동으로
자식들 뒷바라지 해온 어머니
아들딸이 커서 성공을 해도
어머닌 여전히 아들의 편지를 읽지 못 한다
글 모르는 어머니에게
자식은 섣부르게 글자를 가르치려 하지 않는다
어머니가 그냥 아늑하고 좋아
여전히 어머니 치마폭을 놓지 못한다
날카로운 무기처럼 부를 내세우고
방금이라도 무너트릴 듯 권세를 앞세우는 세상에서
정작 자식들이 가 안기고 싶은 곳은
편지를 읽을 줄 모르는 어머니의 품
그 어머니가 계신 따뜻한 고향집 아랫목이다

나의 풍경

너는 내 안에서 나의 풍경이 되었다
내 안의 무수한 풍경 속에 네가 있다
그 많은 풍경 속의 너와
나는 함께 산다
나의 풍경 속의 너를 지우는 건
내 생애를 지우는 것과 같다
이제 어떻게 나의 생애를 지운단 말인가
너를 지우고 나의 생애를 다시 시작하는 것보다
너와 함께
나의 풍경을 같이 지우는 일이 수월할 것이다
너와
나의 풍경이 동시에 지워져
내 안에서 너와
나의 풍경이 없어지면
나는 세상에 남아 무엇이 될까
너는 세상에 남아 무엇이 될까

네가 나의 풍경이듯 나는 너의 풍경이다

내 안에서

나의 풍경이 된 너

네 안에서

너의 풍경이 된 나

우리는 그렇게 서로의 풍경이 되어

내리는 진눈깨비와 질척이는 진흙길을 걷는다

진눈깨비를 맞으며 함께 걸어가는 진흙길

그것이 힘들고 고달프더라도

그길만이 우리가 가야 할 이승의 길이다

해바라기

저 멀리 꽃 같은 시절에
호롱불 앞에서 썼다가는 지우고 다시 썼다가는 지우던
그 첫사랑 애틋한 마음과 같이
네게로 네게로만 달려가
황홀히 꽃 한 송이 피워내고야 말 이 애달고도 간절한 비원은
나를 위해 예비한 조물주의 귀한 선물이거니
아! 다정한 동무여
끝내 염원은 염천 하늘에 뜨겁게 달아 피다가
어느 가을날 서느러니 부는 바람에
빈 들녘 홀로 서서 삭풍에 흔들리며 우는 날 온다손 치더라도
오늘은 내 목숨 뙤약볕 열기 속 뜨겁기만 하나니
내 마음 이제 나도 어쩌지 못하니라
저 빛나는 태양 아래 만물 너울너울 생명의 찬가 다투어 부르듯이
다만 너를 향해 커다란 꽃등인 양 나의 마음 받쳐 들고
긴 여름 뜨거운 들녘 온종일 나는 이렇듯 정념에 불타 있노라

잠자리 1

잠자리는 나하고 동무하고 싶은가보다
시월이 와도 여전 내 곁에 와 날고 있다
어느 늦가을 아침 서리를 하얗게 뒤집어쓰고
마른 풀잎에 매달려 생을 마감할 때까지
잠자리는 들녘이 좋아 햇빛이 좋아
제비가 이열횡대로 도열하여
먼 여행길 마지막 행장을 꾸리는 가을
도회지 누군가 자살 소식이 들려와도
듣는 둥 마는 둥 아랑곳없이
낚시하는 사람 곁에서 콩을 거두는 농부 곁에서
먼 조상들 삶의 방식에 따라
잠자리는 그렇게 날다가 천진스럽게 놀다가
마른 풀잎 위에서 날아오르듯 가볍게 세상을 뜬다
풀잎도 꽃잎도 다 시든 어느 날 아침

잠자리 2

잠자리 한 마리
거미줄 앞에 날고 있습니다

물웅덩이 옆에서 놀고 있는
아이처럼 위험합니다

애야! 애야! 위험해
다급하게 소리쳐 보지만

잠자리는 들은 체도 안 합니다
잠자리는 귀가 없나봅니다

잠자리 3

앉아 있어도
잠을 잘 때도
네 꿈의 팔 할은 하늘
기력이 다하여
생을 마감할 때까지
네 삶의 무대는 창공
하늘을 난다
코스모스 꽃잎 위로
온종일 나도 하늘을 난다

사랑한다는 말

초저녁 별 하나 뜨면 사랑한다고 말하고 싶다
봄은 멀고 온종일 바람 분다는 소리는 사랑한다는 말이다
사랑한다는 말 대신 함께 바다를 보고 싶다고 말하는 것이다
제비꽃 어서 피었으면 좋겠다는 말은
어서 그대를 보고 싶다는 말이다
사랑한다고 말하는 것은 땅거미 내리고 별 돋아날 때
너랑 나랑 그냥 동무하고 싶다는 것이다
양지쪽에 참새들 옹기종기 놀고 갯고랑에 오리들
삼삼오오 헤엄치듯
그렇게 너와 함께 세상 풍경 되고 싶다는 것이다

구두

구두는 몇 켤레가 필요한지
몇 켤레 구두를 더 신으면 생의 끝자락일까
오늘 새로 산 구두와 신지 않은 신발장의 구두가
이승의 마지막 구두가 될지도 모른다
신다 만 구두를 남겨놓고 세상을 뜨는 것은
청산하지 못한 빚을 남겨놓는 것과 같다
천수를 누리고 홀가분하게 하직하려면
낡은 구두 하나 벗어놓는 게 낫다
새로 산 구두 마루에서 반짝일 때
개나리는 벌써 피고 목련은 금방이라도 터질 것 같다

유언

"지금 가면 똑 알맞지…
형이 딱해서…"
말끝을 흐리던 어머니
병실 밖엔 한여름 태양이 빛나고
이종동생 말없이 곁에 서 있고
꽃다운 일흔둘 어머니
그것이 마지막 말씀인 줄 꿈에도 모르고
나는 어머니를 물끄러미 바라보고 있었다
그날 이후로 다시는 들을 수 없던 어머니 음성
봄은 다시 오고
흰 머리는 날마다 늘고

눈

덤프트럭이 온종일
도로에 쌓인 눈을 치우고 있다
물도 이렇게 가끔은
심통난 사람처럼 다루기가 어렵다
그렇긴 해도
폭력 시위를 하는 데모대처럼
순식간에 도시를 삼켜버리는 폭우보다
연좌데모를 하는 시위대같이
끈질기게 버티는 눈은 덜 폭력적이다
닭장차에 실려 가는 시위대처럼
도로를 점령하던 폭설 실려 갈 때
물난리로 한밤중 피난을 해본 사람들
최루가스에 곤욕을 치러봤던 시민들은
눈이 얼마나 인간적인지 금세 안다

폭설과 난민촌

밤새 폭설이 내린 다음 날 들녘으로 나가보았다
논과 밭이 구분 안 되는 폭설의 현장
바람은 관목의 숲에서 눈을 털어내고 있다
나무는 체온으로 몸통을 휘감은 눈을 밀어내고
논두렁 밭두렁 양지에선 햇살이 눈을 녹이고 있다
뽕잎을 먹어치우는 누에처럼 사각사각 연실 눈을 먹어 치우고 있다
복구가 끝난 저쪽
햇빛에 환하게 빛나는 난민촌
사방에서 몰려온 참새, 멧새, 멧비둘기 어우러져
옹기종기 배급받은 식량을 나누고 있다
폭설에 잠긴 마을
저만치 정적 속에 묻혀 있을 때
멀리서 달려온 햇살과 바람 온종일 복구작업에 구슬땀을 흘리고 있다

바람이 빗자루로 눈을 쓸어내리면
햇빛은 걸레로 구석구석 닦아내고 있다
들판은 서서히 평화를 되찾아 간다
폭설이 내린 먼 산골엔 지금쯤
바람과 햇빛 이마에 구슬땀을 흘리며
산토끼의 난민촌, 너구리의 난민촌 만들고 있을 것이다

가을은 길다

추수하는 농부 갈걷이 끝낼 때까지

만선의 깃발 항구에 닿을 때까지

산골짜기 도토리 익을 때까지

다람쥐 갈무리 마칠 때까지

멍석 위에 붉은 고추 마를 때까지

할머니 이마 땀방울 식을 때까지

들녘에 꽃씨 다 여물 때까지

오고가는 철새 먼 여행 마칠 때까지

새 기르기

깃털 고운 새 알을 품고
둥지엔 예쁜 알들이 동글동글 했다
솜털에 덮인 새 새끼
어미새를 쫓아내고
어느 날 나는 둥지째 새끼를 들고 왔다
어린 새는 인기척만 나면 입을 벌렸다
배추벌레도 넣어주고
좁쌀도 물에 불려 넣어주었다
개구리다리를 찢어 주며 어미새 흉내를 내기도 했다
새들은 모두 죽고 말았다
나는 지금도 그 짓을 한다
들녘에서 시의 새끼를 붙잡아다가
먹이를 떠먹이며 정성껏 기른다
한동안 살아 퍼덕이다가 결국엔 다 죽고 만다
언제쯤 나의 새 새끼는 자라
제 노래를 부를 것인가
하늘로 훨훨 날아오를 것인가
아무래도 나는 어미새가 제 새끼를 기르듯
나의 시를 길러낼 수가 없다

가을바람

가을바람 불면
앞산은 십리쯤 달아나고
하늘은 시오리쯤 더 높아진다
멀리 수수밭이 보이고
수수밭 둘레길을 홀로 걷는 황혼

가을바람은 나그네다
단발머리 소녀 옛 모습을 데리고 오거나
밭일하던 할머니 질끈 동여맨 머릿수건과 함께 온다

가을바람 가을 햇살
어울려 노는 들판에
홀로 걷는 사람은
누군가를 지금 사랑하기 때문이다

가을바람 들판에 두고 마을로 돌아온다
따라오던 바람 마을 입구에서 돌아간다
한동안 들판은 가을바람 차지다

나는 내일도 모레도 들판으로 갈 것이다
가을바람 동무 삼아
노래도 부르고
해당화 열매도 따고
갯고랑 숭어떼도 바라볼 것이다

짧은 봄

개나리가 피었다가
지는 것도 잠깐
진달래가 피었다가
지는 것도 잠깐
벚꽃이 꽃비처럼
내리는 것도 잠깐
봄은 잠깐 왔다가
참 빨리도 갑니다
꽃이 만발했던 봄
꿈이 무르익던 초딩
봄이 가고 여름이 오듯
초딩이 가고 중딩이 성큼 오겠지

꽃씨처럼

시는 어디에 외로운 눈망울로 있을까
세상의 텃밭에 시의 꽃 피지 않는다
깊은 산 무덤 속
어머니의 백골 그 오랜 꿈속에 시가 있을까
새로 들어선 아파트 숲
그 숲에 홀연 내려 거니는 백발 나그네의 가슴 속에
어린 새의 가슴처럼 팔딱이며 시는 있을까
어두운 밤길
쫓기는 이방인처럼 불안에 떨며 있을까
초겨울 찬바람
구르는 낙엽 속에
어린 싹의 눈매처럼 숨어 있을까
시는 참 외롭기도 하다
그 외로움 다 참고 견디며
시는 지금쯤 어느 들녘에 꽃씨처럼 숨어 있을까

그는 은퇴하면 시인이 될 것이다

반백이 되도록 시인이 되지 못한 그가
은퇴하면 꼭 시인이 되리라고 다짐하고 있다
그가 시인이 되지 못한 것은
밥 먹을 궁리에만 매달려 있었기 때문이다
애들에게 공부하라고 잔소리만 하고 있었기 때문이다
이제 은퇴를 하면
멀리서 지켜보고만 있던 시인을 초대하여
그와 함께 산책도 하고
생선을 구워놓고 소주도 한잔씩 따라 마시며
꼭 시인이 되어서
젊었을 적 꿈 하나를 이루리라고 그는 다짐하고 있다
백발이 휘날리면 시인은 더 빛이 나는 것이다
옛날에는 안에 있는 시인이 늦잠을 자자 하면
그는 안 돼, 안 돼, 출근해야 돼 하고
뿌리치고 일어나 바쁘게 출근을 했다

은퇴를 하고 나면
안에 있는 시인이
오늘은 나하고 섬으로 바다구경이나 가자 하면
그래, 그래, 좋은 생각이지 하고 따라 나설 것이다
빨리 시인이 되어야 할텐데
은퇴는 멀고 안에 있는 시인은 자꾸 꾀어내고

샛길

천 날도 더 번잡한 길 걷다가
작은 돌들 굴러다니는 샛길을 보았네
오곡백과 무성하고 풀 우거진 여름날엔 못 보았지
누가 이 외진 곳에 길을 냈을까
샛길 따라 구름이 시냇물처럼 흘러가네
가을바람 송사리 떼처럼 몰려다니네
마른 풀빛 다정스러워 발길 옮기네
시든 꽃잎 엉클어진 고구마 줄기를 지나
소꿉장난 같은 배추밭 옆을 지나가네
하늘은 동그랗게 열리고
가을햇살에 마른 풀 냄새 코를 찌르네
잠자리 날개 위에 가을이 앉았네
메뚜기 뒷다리에도 가을이 깊었네
나는 갠지스 강가 소년처럼 콧노래를 부르네
이 길을 따라 가면 금모래 반짝이는 모래벌이 나오고
베아트리체 사는 집에 당도하겠네

오이넝쿨에 오이 몇 개 시들고
애호박 하나 아무렇게나 뒹구네
저 만치 참깨밭에 늙은 농부, 저 농부 발걸음이 샛길을 냈네
해와 달과 고양이도 들락거렸네
마른 풀씨 훑어 가을 속으로 뿌리네
그림자는 한 발이나 더 길어졌네
지난여름 풀 우거져 미처 몰랐네
가을 깊어 비로소 샛길을 걷네

하필

원래 주인은 따로 있었지
무단 점거해 잠자리가 살고
허가 없이 종달새 터 잡고 노래하는 바람에
온 동네 사람들 귀가 쏠렸을 뿐이지
남의 땅인 줄도 모르고
어린 딸과 함께 잠자리채 들고 나섰던 것뿐이지
훗날 아이들 돌아와
어릴 적 들녘 생각날 텐데
그 들녘 다시 한 번 걷고 싶을 텐데
잠자리 날개 꺾어버리고
시냇물 소리 묻어버리며 신호등이 설치되고 있다
제비꽃 군락지로 103동이 들어서고
꾀꼬리 둥지 위로 108동이 들어선다
나는 왜 머잖아 사라질 푸른 풀밭에
모래성 같은 추억을 심어주었을까, 하필

허공

초저녁잠이 많은 엄마는
바느질을 하다가 곧잘 고개를 떨궜다
엄마, 그만 자 그러면
한참을 더 버티다간
반짇고리 밀어놓고 고단하게 잠에 빠졌다
나의 방엔 밤늦도록 호롱불이 켜지고
소쩍새는 밤나무 숲에서 밤새 울었다
고뇌는 꽃봉오리 같았다
손님처럼 왔다 가는 아버지를 보며
아버지의 철학
아버지의 도덕
아버지의 역사 어디쯤에 명쾌한 해답 있을 줄 알았다
해답은 없었네
식민과 전쟁과
독재에 부대껴 온 고달픈 세월
먼 나라 사람처럼 살아온

망백의 아버지 그 어디에도 다시 해답은 없네
당신의 인생 다 살고
어느 날 홀연 떠나면 그것이 정답
곤두박질치며 움켜잡아야 할 저 허공
무한 허공에 줄 끊어진 연, 아버지는 허공이었다

일몰

노을이 도열한 서산마루에
태양이 당도했습니다
금빛 휘장을 번쩍이며
이제 곧
어둠의 나라를 순방할 것입니다
초저녁 별 하나 나타나
무사히 도착했음을 알립니다
어둠의 나라엔
지금쯤
찬란한 아침이 열리고 있겠습니다

세월

막내딸 태어나고 어머니 떠난 것이
들녘에 꽃 피고 지는 일과 무엇이 다르랴
마음이 비통해지고
한 아름 기쁨 안겨오는 것이
눈보라 몰아치고
산천에 가득 꽃 피는 일과 무엇이 다르랴
고향이 변했어도
옛 친구 얼굴이 늙어버렸어도
그것을 우리가 어찌 하겠는가
어머니가 없어 고향이 외로워도
할머니가 없어 설날이 쓸쓸해도
그것이 참모습인 것을
여름 가고 가을 오는 것이나 마찬가지인 것을
잎이 지고 잎이 나는 일이나 한 가지인 것을
옛 동산에 잡초 우거지고
풍설에 고향집 무너져 가는 것이

사랑하는 이와 작별하는 일과 무엇이 다르랴
동구 밖 느티나무도 나이를 먹는다
하늘 높이 노래하는 새도 한 줌 흙으로 돌아간다
폭설과 가뭄 함께 살아오지 않았느냐
이제 우리가 해야 할 일은
기쁘게 살다가
버리며 살다가
한 잎 낙엽으로 훌쩍 날리는 일이다

세월이 날 무등 태워

세월이 날 무등 태워
황혼의 문지방에 내려놓았다
산길 천리
들길 천리
물길 천리
세월의 풍랑 따라 출렁이며
삼천리를 무등타고 와
황혼을 바라보며 잠시 쉬고 있다
가파른 산길
외로웠던 들길
파도치던 물길
아득하여라
다시 가야지
걸망 한 개 짊어지고
눈물과
배반과

착각의 거리를 지나
사랑의 언덕에 닿을 때까지
세월이 날 어깨에 메고
저승의 문 앞에 내려놓을 때까지

세월이 흐른 뒤

오랫동안 대결하며 살아왔다
외로움과의 대결
조바심과의 대결
실연과의 대결
적진으로 돌진하는 병사처럼
온 몸이 피투성이가 되도록 대결했다
이젠 사랑이다
외로움도
조바심도
실연도 사랑이다
어떤 이는 말할 것이다
그것은 사랑이 아니라 망각이라고
그것은 사랑이 아니라 체념이라고
어떤 이 그렇게 말하더라도
나는 그것이 사랑이라고 큰 소리로 말할 것이다
굽이굽이 삶의 뒤안길로

세월이 흐른 뒤
외로움은 비로소 다정함이 되고
조바심은 비로소 편안함이 되고
실연은 어느새 먼 그리움이 되었다
세월은 모든 것을 바꿔놓았다
밤잠을 못 이루고
온몸이 피투성이가 되도록 대결한 후에
이젠 모든 것이 바뀌었다
내가 보고 있으나 마나

2부

내가 보고 있으나 마나

내가 보고 있으나 마나

강물은 달빛에 연꽃 같은 무늬를 만들며 흘러갑니다
내가 보고 있으나 마나
별빛은 내려와
민가의 밤을 고요하게 잠재워 놓았습니다
내가 외로워하거나 말거나
지는 해 들녘에 저녁을 질펀하게 깔아놓았습니다
나는 그 들판에 서서 그만 외로워지고 맙니다
내가 슬퍼하거나 말거나
아카시아꽃 흠뻑 빗물에 젖었습니다
나는 아카시아 숲길을 지나
아카시아 꽃잎처럼 흠뻑 슬픔에 젖어 걸어갑니다

다시 촌놈

촌놈이 따로 없다
촌놈이 인천 와서 삼십여 년
겨우 촌놈티를 벗었나 싶었는데
모처럼 전철을 타고 서울엘 가면서
나는 여지없이 다시 촌놈이 되고 말았다
탑승권 자동 발급기 앞에서부터 나타난 촌놈 행색이
6호선 갈아 탈 때까지 이어졌다
자동 발급기 앞에선 이십대 청년이 안내했고
갈아타는 곳에선 칠십대 노인이 도와주었다
신당동 시인의 집
거기 모인 초면의 사람들이
모두 이름 있는 시인들인 걸
귀가해서야 확인했으니 나는 참 촌놈이다
달리 방법이 없다
도회지로 나온 지 삼십여 년이 지났어도
여전한 이 촌티를 빨리 벗는 수밖에
아니면 시골로 내려가 아주 촌놈이 다시 되던지

추억이 될 뻔했던 아내

그때 아내와 헤어졌다면
아내는 한 개 추억으로 남았을 것이다
아내와 걷던 오솔길엔 잡초 우거지고
아내와 함께 들르던 찻집은
간판을 내리고
아내의 고향은 뜬 구름 흘러가는
낯선 동네가 되었을 것이다
아내는 오늘 한 개 추억으로 남아
허공에 젊은 여자 하나로 아른거렸을 것이다
참, 다행한 일이다
헤어지지 않고 함께 살아
옛날의 추억 하나
가볍게 넘길 수 있다는 것은
무수한 추억 세월에 흘려보내며
날마다 새로운 추억
만들어가고 있다는 것은

앵무새

선선한 바람이 앵무새는 좋은가보다
날갯짓이 민첩하고 노랫소리 청아하다
저 새에게도 추억은 있다
아파트로 온 사연이 있고 고난과 함께 한 역사가 있다
남촌동 조류원을 떠나 아파트로 오던 날
카나리아 한 쌍 함께 왔었지
나란히 이웃에 살며 다정하게 지냈던 지난 가을
청명한 하늘 아래 노래하던 시절 잊지 않을 것이다
흘러가는 구름 보며 고향을 얘기했지
베란다에서 함께 겨울 나며
배고팠던 얘기 주고 받으며 동병상련의 정 나누었지
하소연하고 위로하며 봄이 오길 함께 기다렸지
목마름에 괴로워하다가
한파 몰아치던 날
밤새도록 폭설이 내리던 밤
카나리아 마지막 절규 저 앵무는 들었을 것이다

냄새 난다고 베란다로 내몰던 날
주인의 횡포를 함께 규탄했었지
봄도 멀지 않던 어느 날 밤
살을 에는 한파에 카나리아 죽어갈 때
아랫집 앵무도 잠 못 이루고 그 임종 지켜봤을 것이다
싸늘한 주검 꺼내던 주인의 손길도 보았을 것이다
들녘에 나가 화장하고 돌아와
빈 새장 내려다보던 주인의 눈길도 다 보았을 것이다
처음 오던 그때처럼 가을바람 불고 있다
저 새에게도 역사는 있다, 고달팠던 삶의 기억은 있다

작별의 기술

원어민 교사와 마지막 수업을 했다
수업 직후 원어민은 떠난다
일 년 동안 생활하던
학교를 떠나
아파트를 떠나
서울에 있는 한 호텔로
부모님을 초대해 일주일 관광시켜 드리고
형이 있는 호주로 가 이 주일을 머물다가
캐나다로 돌아갈 거라고
가서 경찰관 시험을 준비할 거라고
경찰관 시험이 무척 힘들다고
일 년 동안 함께 영어회화를 가르쳤던
어린 나이에 사명에 투철했던
트리스탄 워렌, 캐나다 나이 스물넷
마지막 작별인사를 뭐라고 하지
이십여 일 후면

한국을 보고 간 캐나다 청년 토론토 거리를 활보하고 있을 것을
네 몸통엔 빛깔 다른 나이테 하나 감겨 있을 텐데
그래, 트리스탄 워렌
네 마음은 또 어떻겠니
너를 떠나보내며 작별에도 기술이 필요하다는 걸
모든 작별엔 거기에 알맞은 기술이 있다는 걸
사랑에도 기술이 필요하듯이

벌초

벌초를 한다
외삼촌 산소 차례다
외삼촌 우렁찬 헛기침소리 들린다
호탕한 웃음소리도 들린다
바람이 나 가산을 탕진한 사람
일제히 반기를 들던 자식들이 예서제서 모여든다
유난히 크게 코를 골던 외삼촌
지금도 그렇게 코를 골며 잠들어 있을까
외삼촌 흔들어 깨워
땅 다시 찾아오라고
피켓 들고 단식투쟁이라도 하고 싶지만
다 썩었을 텐데 뭘
벌써 흙이 되고 물이 되고 불과 바람 되었을 텐데 뭘
하긴, 재산이 삶의 전부는 아니지
삶은 조상이 물려주는 게 아니긴 해

교사의 빛깔

가을이 오고 있다
나무마다 이제 제 빛깔로 물들고 있다
밤나무는
밤나무의 빛깔로
은행나무는
은행나무의 빛깔로
젊어선 나의 빛깔도
저 나무처럼 온통 푸른빛이었을까
정년이 임박해서야
교사의 빛깔로 내가 물들어 가는 걸 본다

그림의 떡

나이를 먹을수록
하나 둘 늘어가더니
이제 사방에 그림의 떡 널려 있다
한때
내가 되고 싶던 마도로스도
이제 그림의 떡이다
한때 나의 이상이었던
페스탈로치
달가스
슈바이처도
다 그림의 떡이 되었다
어릴 적 동무도
연애편지를 쓰던 단발머리도
지금은 다 그림의 떡이 되고 말았다
얘들아, 조심해라
무지개 같은 꿈도
세월이 지나면 그림의 떡이 되고 만단다

시 날아가다

한데다 정신팔고 삭제를 눌렀다가
열흘 넘게 공들여 온 시 한 편을 날려버렸다
갑자기 머리속이 텅 빈다
최면을 걸어 기억을 더듬는다
4연이었는지 5연이었는지
깨진 말들만 어지럽게 흩어져 있다
흩어진 낱말들 허겁지겁 주워
이리저리 맞춰보지만
서로 멀뚱멀뚱 딴전이나 핀다
설계도면이라도 있다면
처음부터 다시 작업을 하겠지만
공식이라도 있다면 다시 대입하겠지만
시엔 설계도면이 없는데
삶엔 아무런 공식도 없는데
산산이 부서진 시 하나
아득하게 날아간 생각 하나

시인과 맹수

섣부르게 시인 옆에 다가가 앉지 마라
빛나는 언어에 네 빛을 잃을라
시인은 맹수와 같다
시인과 나란히 식사를 하려거든
맹수 곁에서 먹이를 구하듯 하라
야성의 포효 들리지 않느냐
날카로운 발톱 보이지 않느냐
고독하기를 바라는 자
그의 열렬한 고독에 네 영혼 화상을 입을라
네가 또 하나 시인이 되려거든
또 하나 야수가 되어 네 영역을 사수하라
네 운명이 네게 시인의 길로 안내하거든
천지신명께 고하고 길을 나서라

시인에게

그는 햇빛을 잘라다가 집을 짓지만
그 집엔 햇빛 들어오지 않고
구름을 끊어다가 집을 짓지만
그 집에선 구름이 보이지 않는다
그는 들녘을 담아다가 집을 짓지만
철 따라 꽃 피지 않고
바닷물 퍼다 집을 짓지만
짠맛을 잃어버린 바닷물이다
그는 시를 낳는 자가 아니라 죽이는 자다
그는 시를 사랑하는 자가 아니라 학대하는 자다
시를 섬기는 자가 아니라 하인처럼 부리는 자다
시인이여
시를 살해하는 자여
너의 집에서 시를 석방하라
너의 언어에서 시를 풀어 놓아라
너의 집 허물어

들녘으로 햇빛 돌려보내고
구름 하늘로 돌아가게 하라
시인이여
햇빛과 바람을 끊어오려거든
강물과 산맥을 끌어와 집을 지으려거든
누에가 고치를 짓듯이 하라
한 그루 나무가 열매를 맺듯이 하라
죽으면서도 어머니는 자식을 걱정한다
어머니의 마음이 시의 마음이다

동갑내기

우린 본 일도 없고 얘기해본 적도 없지만 동갑내기다
나는 대한민국에서 너는 조선민주주의인민공화국에서 태어났지만
맘이 없어 서로 만나지 않은 건 아니지
너도 머리가 희끗희끗하겠지
너는 사회주의 일꾼으로 나는 자본주의 노동자로 살아왔다
나는 딸 삼형제를 두었다
너도 여러 남매를 두었겠다
우리가 통일의 노래를 부른 지도 참 오래다
함경도에 한번 가고 싶다
그곳 깊은 산골 눈 속에 파묻혀 한 겨울 나고 싶다
너도 전라도에 한번 가고 싶겠지
제주도엔 또 얼마나 가고 싶겠니
난 단동에 가서
압록강 너머로 신의주를 보고 왔다
지난봄엔 꽃소식이 올라가더니
이젠 단풍소식이 내려오고 있다
건강하게 배는 곯지 않아야 하는데

너나 내나 힘이 없구나
가난이 네 잘못이 아니라면
강냉이 죽이라도 끓일 수 있다면 천만다행 아니겠니
탈북하는 동포를 보면 네 생각난다
지척에 두고도 너하곤 평생 얘기 한 번 못 하는구나
북에도 소주가 있니?
마주 앉아 소주 한잔 하고 싶다
내일이 추석인데 송편이라도 빚고 고깃근이라도 장만했는지
모쪼록 건강해라
그곳도 사람 사는 세상이니 소소한 재미 또 있겠지
너와 내가 한 번도 대면 없이
나는 이곳에 뼈를 묻고 너 그곳에 백골이 되더라도
우리는 한 민족 동갑내기로 태어나
반도에 부는 바람 함께 맞으며 한 시대를 살았구나
나는 북에 너를 잊지 않을 것이다
남쪽에 동갑내기 너도 날 잊지 마라

자전거 도둑

사진 한 장에 제 모습을 남겨놓고 사라졌다
도둑은 내가 자전거를 타는 것을 지켜보다가
침을 꼴깍 삼키며 저건 꽤 값이 나가겠는 걸 눈독을 들였을 것이다
복도에 쇠사슬로 묶여 있는 걸 확인하고
식은 죽 먹기로 쇠사슬을 끊었을 것이다
습관의 힘이 양심을 밀어내고 눈먼 욕심에
인정사정 볼 것 없었을 것이다
사랑하는 남의 자전거를 유괴해 놓고
눈물 흘리는 자전거 옆에서 그는 자장면 곱빼기를
시켜먹었을 것이다
분통이 터지는 것도 잠시
이제 자전거를 찾을 수 없다는 절망감이 들 때쯤
차츰 그 도둑이 불쌍해지기 시작했다
도둑이 참 불쌍하다고 얘기해주니까
일곱 살 막내딸이 무슨 말인지 모르겠다는 듯 날 쳐다본다
팔 년의 세월이 흘렀다
이제 나이를 먹어 그 자전거도 자주 병에 시달릴 것이다

도둑의 얼굴에도 주름이 몇 개 더 생겼을 것이다
지금이라도 돌려준다면 아무런 죄 묻지 않겠지만
나는 멀리 이사를 했고
그 동네엔 아직도 여러 가지 즐거운 기억과 함께
자전거에 대한 기억이 하나 쓸쓸하게 반짝이고 있다

그림자

많은 그림자 어른거려야 어린이는 잘 자란다
엄마 아빠의 그림자가 있어야 하고
할아버지 할머니 그림자가 하늘 그림자처럼 드리워야 하고
고모, 이모, 외삼촌 그림자
큰아버지, 작은아버지 그림자가
오곡백과처럼 풍성해야 무럭무럭 자란다
언니, 오빠, 누나 그림자가 있으면 금상첨화다
그 그림자를 밀고 당기고
뒤집어쓰고 밟고 뭉개고 껴안으며 놀아야 한다
그 그림자와 때리고 싸우고 미워했다가 화해하고
다시 악수하고 나란히 앉아 밥을 먹어야 한다
다시 언제 그랬냐는 듯
떨어져 나와
혼자 즐겁게 고독을 견디며 자라야 한다
엄마 아빠의 그림자는 있어야 하는데
엄마 아빠 그림자가 없는 아이들이 있다
어떤 아이는 엄마의 그림자가 없고

어떤 아이는 아빠의 그림자가 없다
그림자가 없으면 아이들은 무서움을 타고
외로움을 타고 밤에 오줌을 싸기도 한다
여러 가지 그림자 속에서 커서 어린이는 또 다른 그림자를 찾아나선다
어떤 아이는 아인슈타인의 그림자를 찾아가고
어떤 아이는 박수근의 그림자와 어울린다
엄마 아빠 그림자 같이 꼭 필요한 그림자가 없을 땐
누가 그 그림자를 대신해야 한다
내게 아버지의 그림자가 없을 때
할아버지 그림자가 대신하여 위기를 모면했다
할아버지가 없는 아이들은 선생님이라도
그 그림자를 대신해야 하는데
선생님의 그림자마저 없는 아이들도 있다
아무리 사방을 둘러봐도 그림자 구하기가 여의찮을 때도 있다
그럴 땐 책을 이용하면 된다
어떤 책 속엔 사랑의 그림자가 가득하기 때문이다
그 그림자 속에서 무럭무럭 자라면 된다

편지

그대가 보내준 안부 편지로
나는 아주 따뜻한 명절을 보냈습니다
미처 답장을 보내진 못하였으나
망설이고 망설이다가 답장을 드리지 못한 것입니다
그대의 다정한 안부 편지로
남은 날들도 나의 마음은 고요하겠지요
보름달을 밟고 가는 구름이 아니라
잠시 구름에 일그러진 보름달을 보고 있습니다
머지않아 눈 내리고 세상은 꽁꽁 얼어붙겠지요
새봄과 함께 세상의 꽃들 피어날 적에
그대의 마음도 피어나기를 손꼽아 기다립니다

잠

그곳에선 날마다 논쟁이 벌어진다
지지하는 세력과 반대하는 세력이다
한 몸 속에서도 지지하는 세력과
반대하는 세력이 극명하게 대립한다
지지하는 세력 중엔 생리학이 있다
정책부재는 반대하는 세력이다
줄 세우기도 반대하는 세력이다
선생님은 마땅히 지지하는 세력이 되어야 하는데
반대하는 세력에 가담하여 활동하고 있다
나그네의 옷을 벗기려면 온기가 필요하듯
그의 말을 잘 들어야 하는데
듣진 않고 그에게 폭력을 휘두르고 있다
폭력 세력의 우두머리는 어른들의 맹목이다
지지하는 세력 중엔 진리가 있다
진리는 열렬하게 지지하고 나서는데
타성은 끊임없이 반기를 든다
누가 자연을 이기고 진리를 거역한단 말인가

욕심은 매번 진리에 끌려가면서도 그 버릇을 놓지 못한다
어서 지지하는 세력이 집권하여
대낮에 떠도는 잠들을 모두 밤으로 돌려보내야 한다
책상 위에서 노숙하는 잠들에게 집을 마련해주어야 한다

추석 다음날

고향에 내려가 성묘하고
부모님 뵙고 온 추석 다음 날
소래갯벌공원으로 산책을 나갔다
자전거를 타는 사람
손을 맞잡고 걸어가는 사람
열심히 사진을 찍는 사람
공원은 사람들로 붐볐다
빨리빨리 추석을 잊으려는 듯
힘차게 팔을 저으며
종종걸음으로 걷고 있는 사람도 있다
내일부터 다시 살아가자면
부모님과 형제들 이젠 잊어야 한다
빨리 고향을 훌훌 털고
바쁘게 움직여야 아이들 가르치며 또 먹고 살지
사람들 공원에 나와
훌훌 먼지를 털듯 추석을 털고 있다
자식 손자 저만치 밀어 놓고

한동안 쓸쓸하게 지낼 준비에
부모님도 지금쯤
들길 한 바퀴 휘 돌고 있을 것이다

청문회

갯벌공원 산책하다 길바닥에 보는 것은
튀어나온 돌멩이
경운기 바퀴에서 떨어진 진흙
승마 클럽 말이 싸놓은 말똥
황혼 무렵 뜻밖에 MP3를 보았다
노래가 흘러나왔다
막내딸은 대뜸 지가 쓰겠단다
아내도 산책할 때 들으면 좋겠단다
한 식구라도 우린 서로 사상이 다르다
공원 쉼터 기둥에 방을 붙였다
MP3 잃어버린 분
일요일 황혼녘
010-4860-××××
어려서 나는 성자가 되고 싶었다
슈바이처
톨스토이
성 프란체스코를 읽으며 꼭 성자가 되고 싶었다

성자 되진 못했지만
길 잃은 물건 주인 하나 못 찾아주랴
방은 며칠 후 비바람에 찢겨나갔다
MP3 주인도 못 찾아
심심해진 나는
청문회 자리에 나를 앉히고
청문회 스타처럼 몰아 부친다
투기한 거 없고 위장 전입 없어도
나는 대뜸 들통 나고 만다
어렸을 때 배서리 한 거
내가 죽인 잠자리
메뚜기
어린 종달새, 때까치 새끼
도둑질, 간음, 살인, 폭행, 사기, 공갈협박
수영장 물속에서 오줌 눈 거까지
낱낱이 밝혀진 나는 자진 사퇴하고
주인 잃은 MP3는 영영 길 잃은 철새가 되고
가을은 낙엽에 바람을 날리고

비극

세상의 구석구석 죄의 냄새는 배어 있다
라일락 향기 곁을 지나 갈 때도
죄의 냄새는 꽃향기에 섞여 분다
에덴의 동산에서 불어 온 냄새가
온 세상이 꽃천지인 이 환한 봄날에도
손끝에 맴돌고 발끝에 붙어 다닌다
사랑이면 모든 것이 용서 될 줄 알았으나
나무 등걸 같은 죄의 뿌리에
나의 사랑은 걸려 넘어지기 일쑤다
세상엔 사랑 아닌 것이 없지만 또 죄 아닌 것도 없다
백합의 향기에도 죄의 냄새 어지럽다
장미의 밭에서도 죄의 냄새는 흩어진다
죄를 짓지 않고 사는 것은
빠지지 않고 강을 건너는 것과 같지만
아름다운 나의 사랑에게서도
죄의 냄새 향기 날리듯 하는 것은
꽃사과에 벌레 먹은 자국과 같다

아버님 전 상서

아버지는 손님 같은 남편이었어요
참 무심한 부모였구요
구십을 바라보는 아버지는 가끔
이젠 갈 때도 됐다, 됐다 하십니다
나는 아버지가 빨리 떠나시는 걸 반대합니다
구석구석 아버지 살아오신 발자취 돌아보셔야 하고
자식들 다 못한 말 마음으로 들으셔야 합니다
부채도 조목 조목 정리해 놓으시고
세상 사람들에게 서운하게 하신 거 다 청산하셔야지요
아버지가 받아야 할 눈총을 제가 받게 된다면
저는 오래 아버지를 원망할 거예요
일가친척 모인 자리에서 누군가 아버지 욕을 한다면
저는 일가친척 모이는 곳에 다시는 가지 않을 거예요
아버지의 자리는 어머니의 자리를 마련해 드려야 하고
아들딸의 자리도 마련해 주어야 하지요
어머니가 어머니의 자리를 갖지 못하고
누나가 누나 자리 갖지 못하여 늘 다리 오무리고 새우잠을 잘 때

벌써 아버지는 아버지의 자리를 잃은 아버지가 되고 말았습니다
엊그저께 추석에 아버지를 뵈었습니다
젊을 적보다 한결 평온이 깃든 아버지 모습
지나간 세월 많이 망각한 듯 너그러워진 아버지 얼굴
그러나 아버지의 백발, 그 주름살 속에서 보았습니다
고향집 초가삼간에 밤새 내리던 함박눈
청솔가지 지피며 저녁밥 지으시던 어머니
저는 한 마리 망아지 마냥 산과 들을 쏘다녔지요
아버지란 원래 객지에 있어야 하는 줄로만 알았습니다
아버지는 노구를 이끌고 아직도 날씨 걱정 하고 계신데
어머니는 세상에 계시지 않습니다
벌써 떠난 어머니가 미워지다가도
어머니만큼 나를 사랑하는 분 없어 금세 가슴이 메어집니다
어머니만큼 나를 믿어주는 사람 없어 금세 어머니가 그리워집니다
고관대작의 아버지 부럽지 않아요
재산 많은 아버지도 부럽지 않아요
세월이 지나면 원수도 사랑하게 되고
오른뺨을 맞으면 왼뺨 내놓을 줄도 알게 됩니다
어머니는 서운한 마음 한 올 한 올 엮어

세상 떠나기도 전에 아버지의 자리를 따뜻하게 마련해 놓았습니다
세월의 쓰디쓴 환약으로
누나의 마음도 환한 등불 되어 아버지를 비추고 있습니다
이제 아버지 마음 따뜻하기만 하면 됩니다
세상이 할퀴고 찢어 놓은 아버지 마음 온전히 되찾아
아버지의 환한 웃음과 회한, 눈물까지도 골고루 나눠주시고
천수를 다 누린 이의 충족감으로 임종이 평화롭기만 하면 됩니다

미지수

처음 교단에 섰을 때
모든 것이 신혼처럼 낯설었다
인생은 미지수
손목과 팔꿈치 사이에
커다란 흉터가 부끄러웠다
선생님 팔뚝에 흉터를 발견하고
아이들 눈이 똥그래지면 어쩌나
점멸하는 기억의 파편들
교정의 가을 햇살도 마지막이다
곁엔 늙어가는 아내
팔뚝의 흉터도 이제 아무렇지도 않다
모든 것이 처음이던 때가 있었다
첫 수업
첫 담임
첫 월급
이제 모든 것이 마지막이 되고 있다
마지막 시험

마지막 소풍
동료들과 함께 마지막 술 먹는 날도 올 것이다
하나의 문이 닫히면
또 다른 문이 열린다 했던가
다시 미지수다

아버지와 나는 다르다

다르다, 아버지와 나는 다르다
태어난 계절이 다르고 직업이 다르다
사랑했던 여자가 다르고 싸우던 친구가 다르다
처갓집이 다르고 이용하는 이발소가 다르다
대서소와 설렁탕집, 스텐 공장을 했던 아버지와
제약회사 영업사원을 해본 나는 다르다
하나에서 열까지 다른 아버지와 나
팔십대의 아버지와 오십대의 나는 달라도 한참 다르다

아버지

반세기 넘게 살던 집을 떠나며
아버진 어두워진 귀를 바짝 들이대며 큰조카에게 전화를 한다
너 병풍 필요하면 가져가거라
소파 필요하면 갖다 쓰거라
아버진 두루마리 화장지를 세 토막씩 잘라
기저귀처럼 쌓아놓고 사용하는 분이다
집을 세 주고 큰딸네로 옮기기로 마음을 정한 후
마루를 서성이고 창밖을 내다보며
아버지는 여러 날 고심했을 것이다
이제 여기 다시 안 올 텐데
저 식탁을 어쩌나
저 냉장고 텔레비는 어쩌나
궁리 끝에 얻은 결론을 이제 실천하는 것이다
작은딸에게도 전화를 해서 냉장고 갈 때 안 됐니
김치냉장고도 필요하면 가져가거라
아내에게도 전화를 했단다
이제 언제 입겠니

애비 입을 만한 거 있나 한번 와서 찾아봐라
아내는 두툼한 겨울 점퍼와 한복 한벌을 가져왔다
한 푼 두 푼 아껴가며 장만한 살림살이들
큰 돈을 주고 장만했을 병풍, 침대, 장롱까지도
필요하면 모두 가져가란다
비로소 비워내는 것인가
세월 앞에선 구두쇠도 헐거워지는 것인가
두 마누라 때문에 늘 어깨가 무겁던 아버지
마누라 하나 오래전 털어내고도
더 가벼워진 것 같지 않은데
또 마누라를 하나 더 먼저 털어낼지
이번엔 마누라가 먼저 아버질 털어낼지 알 수 없지만
두 노인네 딸네 집으로 거처를 옮기며
필요하면 다 가져가라고
일일이 전화하는 아버지를 보며
아버지를 모시지 못하는 내 처지보다도
앞서거니 뒤서거니 언제 떠날지 모를 두 노인이

파란만장의 무대에서
마지막 리허설에 몰두하는 노역 배우 같기도 하고
황혼녘 장엄한 서쪽 하늘같다는 생각 들기도 하고

탈출

너는 너무 길들여졌어
관습에, 빤한 일상에 너무 길들여져서 진부해
새로운 게 없어
남들을 보라고
너는 겁을 먹고 주저앉고 말지만
꽉꽉 실행에 옮겨 헤어지는 부부들
마지못해 붙잡고 있는 직장을
단칼에 베어버리고
저 푸른 바다로 유유히 헤엄쳐 나가는 사람들
너는 좀팽이처럼
사람들의 시선에 움츠리고
가벼운 칭찬에 흐뭇해하며
동네 어귀 서성거리며 그 많은 세월 탕진한 거야
조금 더 과감해져야 돼
와일드해져야 돼
네 언어는 너무 온건해
터무니없이 온건주의로 치닫고 있어

부숴야 돼
모든 혁명은 피를 부르지
과감하게 찌르고 무너트리며 돌진해야 돼
이제 망가져야 할 때
과감하게 던져 망가지라고
망가지지 않으면
어디에서 희망이 솟구치겠나
하늘이 무너져야 솟아날 구멍이 있는 거야
망가져 과감하게 망가지라고

유기견

노란 은행잎이 떨어져 쌓인
소방서 옆 주차장에
강아지 한 마리 어슬렁어슬렁 걸어오더니
떨어진 은행잎에 배를 쭉 깔고 엎드린다
지친 기색이 역력하다
그 눈길에 수심이 가득하다
애완견 두 마리 지나간다
온갖 재롱을 다 부리며
주인과 함께 은행잎을 밟으며 걸어간다
나는 애완견을 보고
다시 유기견을 바라본다
어디서 본 듯한 광경이다
노숙자들 시선이 불현듯 멈추는 곳도 있을 것이다
오랫동안 보질 않아 이미 시력을 잃었을지도 모른다
이 불공평을 신은 알고 있을까
시선은 먼 곳을 향한 채로
강아지는 여전히 그 자리에 앉아 있다

가자는 대로

고혈압이 벗하자 한다
노안이 찾아와 동무하자 한다
오래 기다리고 있었던 것처럼
막무가내로 다가와 옆에 앉는다
송두리째 날 차지하려 한다
젊어서 한때는 실연의 충격을 안겨주더니
밥벌이에 동분서주 눈코 뜰 새 없더니
이제 겨우 상처 잊고
일손 놓고 쉬려 하니
치통이 곁에 와 속삭이고
백발이 다가와 함께 가자 한다
고혈압 길동무하고
침침한 눈 말동무 하며
백발 가자는 대로 가는 수밖에
세월 이끄는 대로 따라갈밖에

아내

내가 나이 한 살을 더 먹으면
같이 한 살을 더 먹으며 옆에서 걷고 있는 사람
아침에 헤어지며
언제 다시 만날까 걱정 안 해도 되는 사람
집안일 반쯤 눈감고 내버려둬도
혼자서 다 해놓는 사람
너무 흔해서 고마움을 모르는 물처럼
매일 그 사랑을 마시면서도 당연하게 여기는 사람
가파르고 위태로운 정점이 아니라
잔잔하게 펼쳐진 들녘 같은 사람
세상의 애인들이 탐하는 자리
눈보라 몰아치고 폭풍우 휘몰아치는 자리
장맛비에 홍수 나고 폭설에 무너져도
묵묵히 견뎌내는 초인 같은 사람
가끔 멀리 있는 여자를 생각하다가도
서둘러 다시 돌아오게 되는 사람
되돌아와 다시 마주보고 식탁에 앉는 사람

티격태격 싸우고 토라졌다가도
다시 누그러져 나란히 누워 자는 사람
불편했던 애인을 가져봤던 사람은 알지
아내가 얼마나 편안한지를
그런 사람 하나 곁에 있어서
세상에는 봄도 오고 여름도 오는 것이다
그런 사람 하나 옆에 있는 덕분에
새소리도 즐겁고 예쁜 꽃도 피는 것이다
별들이 밤하늘에 나란히 빛나듯
땅 위엔 나란히 곁에서 나이를 먹어가는 사람이 있다

쫑알쫑알 쭝얼쭝얼

쫑알거리는 여자 있었지
어려서도 쫑알쫑알
다 커서도 쫑알쫑알
낮이나 밤이나 쫑알쫑알
사시사철 쫑알거렸지

한 남자가 반했네
쫑알거리는 소리에 반했네
쫑알거리면 쭝얼거리고
쫑알쫑알하면 쭝얼쭝얼하고
둘이는 서로서로 사랑을 했다네

쫑알쫑알 쭝얼쭝얼 아들딸 낳고
쫑알쫑알 쭝얼쭝얼 재산 불리며
쫑알쫑알 쭝얼쭝얼
쫑알쫑알 쭝얼쭝얼
검은 머리 파뿌리 되도록 오순도순 살았네

3부

황토길

양초를 찾다가

고요한 밤 몇몇 시인의 시를 읽는데 갑자기 정전이다
불현듯 일어나 창문 밖을 보니
찬바람 속 하늘엔 별빛만 흔들리고 지상은 온통 어둠의 바다
잠을 청하기는 아직 이르고
몇 줄 써야 할 시도 있는 까닭에
엉금엉금 기면서 양초를 찾는다
책상 서랍을 더듬고 보일러실에 성냥을 그어대며
어머니가 사두신 부활초를 어디서 본 듯도 한데
아무리 찾아도 초 도막은 없다
이 막막한 절망
남은 시 몇 구절을 어떻게 읽나
써야 할 몇 줄의 시는 또 어떻게 쓴단 말이냐
없는 초를 찾다가 절망하고 누워서
한동안 적막한 고독 속을 헤매다가
더듬더듬 어둠을 헤집어 시를 쓴다
읽던 페이지는 고이 접어 머리맡에 놓아두고
체증을 뚫듯이 시 한 편을 지어낸다
한 줌의 사랑 한 움큼의 위안 지그재그 시 한 편을 짓는다

<제 1시집 · 1985>

넋두리

귀여운 쌍둥이 자매를 키우면서
나는 종종 아들을 하나 갖고 싶다는 생각을 한다
그래도 넘치는 새 기류 시대 물결을
용케 피할 현명한 방도는 없다
오랜 세월
정갈한 핏줄에 이어온
우리들 습성과 생각들이
하필이면 오늘에 와서
자꾸자꾸 바뀌는 것을
푸념할 일도 못되는 것이
지구는 어느새 만원이고
겨레끼리 뭉쳐 살기에도 비좁은 국토라지 않는가
부귀다남을 기원하던 우리 미풍은
모두 지난 옛이야기
아들 하나 바라는 마음이
이젠 얼마나 부끄러운 일이 되는가
이십여 년 후 어느 볕 좋은 날

두 자매 한날한시 출가시키고
늙어가는 두 내외의 한 나절이
고적하고 애처로워서가 아니다
하지만, 아들 하나 바라 낳은
그 세 번째 자식일래
의료보험카드는 내보이지도 못하고
혹여 호적계 동서기의
찌푸린 이맛살이라도 보는 말엔
그 어린자식에게라도
얼마나 송구스러운 일이 되는가

<제 1시집 · 1985>

세모

일 년 중 이맘때면
태양도 저만치
하늘 가장자리로
추운 나그네길 하루를 간다
장막처럼 드리우는
어둡고 긴긴 밤에
하루는 온통 침식당하고
매서운 바람에
구름마저 잔뜩 하늘을 덮는 날엔
방에 갇혀서 나는
온종일 열병을 앓는다
게으른 농부의 텅 빈 손처럼
거둘 것 없는 마음은 외롭고
방향이 없이 서성이던 시간들이
일제히 몰려와 나를 규탄한다
며칠을 남기고
호롱불처럼 반짝이는 또 한 해

그 커다란 붉은 태양은 어디로 갔는가
온전히 바치지 못한 한 해
마음은 제단의 촛불로 탄다
술벗도 없었던 어젯밤의 폭주로
다시 넝마처럼 조각난 심신을 가누며
그래 할 수 없지
하나의 끝은 또 하나의 시작인 것을
믿어보는 수밖에
지금쯤 어디쯤 곱게곱게 몸단장할
또 하나의 크고 붉은 태양을
기다리는 수밖에

<제 1시집 · 1985>

탄생

나의 화단을 찾아주던

벌떼도 모두 떠나가고

빈 둥지만 남긴 채 철새도 멀리 떠나가 버린

찬바람 속 십이월

은총이듯 축복이듯 태어나신 어린 목자

우리는 가장 헐벗은 계절에

태양처럼 뜨거운 사랑을 안네

엄습하는 강추위

내려 쌓이는 폭설

태양은 식어서 무능한 아비처럼

기력을 잃고

풍설에 부대끼는 폐가처럼

문명의 도시가 찬바람에 펄럭일 때

우리는 커다란 소망

또 하나 크고 붉은 아침 해를 맞네

축복의 새 날이여

남은 추위가 아무리

굶은 자의 목덜미를 얼리더라도
가장 헐벗은 계절에 안아본 사랑
가장 추운 계절에 솟아난 새날의 태양
남루와 굶주림
불신과 오해
모함과 질투의 암담한 현실에서도
늘 우리가 희망을 간직하는 까닭이
여기 있지 아니한가
늘 우리가 새롭게 탄생하는 까닭이
여기 있지 아니한가

                                    <제 1시집 · 1985>

나의 시

먼 동쪽 능선 위로
함지박 같이 둥근 해는 연일 솟아오르고
마당가 한 모퉁이 향기 짙은 매화가
내 찬란한 봄을 알려올 즈음
아침마다 나의 푸르른 꿈은
밤나무 숲길을 줄달음쳐 오르고
함박꽃 같이 피어나던 우정
산딸기 같이 무르익던 영롱한 사랑
온 뜨락 하나 가득 넘쳐나던 아카시아 향기
때맞춰 나의 사춘기는
고향산천에 붉게 피던 꽃밭이었다
소녀는 나의 심지에 사랑을 불붙이고
나의 심지에선 싱그러운 첫사랑이 자라 오르고
장미꽃 같이 붉은 시가 타올랐었다
아득하게 멀어진 기억 속으로
눈물로 얼룩진 사춘기는 가고 청년도 가고
지금은 동아줄 같이 목을 조여 오는 둔탁한 일상

무감동의 하루
범죄가 난무하는 화려한 이십일 세기의 문턱
타다 남은 심지를 다시 돋우며
꺼질 듯 바람 앞에 불을 붙이는
삼십 대의 얼어붙은 손을 보아라

<제 1시집 · 1985>

아이들의 봄 마중

봄이 오면 아이들은 산으로 오른다
도회지 산에는 도회지 아이들이 오르고
시골 산에는 시골 아이들이
온종일 흙칠을 하며 오르고 내린다

강가에 사는 아이들은 강둑을 달리고
바닷가 아이들은 바닷가로 나선다
강바람에 굵어지는 아이들의 골격
바닷바람에 익어가는 아이들의 눈망울
산바람 들바람에 피어나는 아이들의 근육

일 년이면 찾아오는 두세 번의 태풍과
한두 차례 홍수에 길들여지며
엄동설한의 겨울과
작열하는 뙤약볕에 익숙해지고
조국의 언어가 스스로 몸에 배는 아이들
이 땅에 나는 정다운 곤충과

이 땅에 자라는 아름다운 들꽃에 어느 결에 낯익히고
우리나라 토양에 깊이깊이 뿌리를 내리는 아이들

아프리카의 아이들이 아프리카를 닮아가고
아메리카의 아이들이 아메리카를 닮아가듯이
우리나라 아이들은 온종일 우리나라를 닮아가며 자란다

수많은 조상들이 일구고 간 터전에 새싹처럼 돋아나
아름다운 금수강산 예지를 배워
온 누리 밝은 빛이 되는 아이들

봄은 다시 오고
아이들은 다시 산으로 오르고 바닷가로 나선다
온몸으로 봄바람을 맞으며 강둑을 달린다

<제 1시집·1985>

꽃나무

아카시아 향기를 실어다 주던
고향언덕의 향긋한 바람이
바다의 해초 내음 실어다 주던
그 원색의 바람이
분주한 일상의 피륙에 색실처럼 얽혀진 고뇌
내 주거한 도회지 마을로 와서는
공허한 욕망의 회오리바람
살육의 피냄새도 섞여 불어
허구한 날 그 바람으로
나의 수염은 날마다 뻣뻣하게 자라나고
얼굴엔 까뭇까뭇 기미가 끼고
그 바람 속 나의 영혼이 꽃잎처럼 몸을 떨고
헐벗은 산야처럼 피부가 거칠어져도
어쩌랴 나는 다칠 수가 없다
내 가슴 속 한 그루 푸른 꽃나무

<제 1시집 · 1985>

120

나의 하루는 아직 끝나지 않았다

분진과 소음의 거리를 지나
내 십육 평 아파트 계단을 오른다
오늘 하루 아내는 어떤 생각으로 하루를 넘겼나
쓸쓸한 한 나절 어머니는 고적하시지는 않았나
그리고 젖먹이 귀염둥이 쌍둥이 딸들은
어떤 언어를 또 배워 익혔는지
어떤 지혜를 또 하나 터득하였는가
아무렇게나 놓여진 석간신문의 제목을 한번 훑어보고
양치질을 하고 손발을 씻으며 하루의 먼지를 닦아낸다
십일월의 축축한 저녁
서투른 초년의 가장 쓸쓸한 밥상엔
어머님이 장만하신 구수한 청국장이 입맛을 돋운다
밥상을 물리고
연속극에 취하던 아내도 잠이 들고
천사의 자장가에 아이들의 재롱도 곤한 잠이 들고
어머니의 저녁기도 속에 평화가 잔잔히 내리는 저녁
회오리처럼 안겨오는 몇 점의 시름
숙명처럼 써야 할 몇 줄의 시
나의 하루는 아직 끝나지 않았다

<제 1시집 · 1985>

121

황토길

불덩이처럼 뜨겁던 사랑을 품고
남몰래 뒤척이던 숱한 밤으로
항상 나를 맞아주던 먼 고향의 황토 고갯길
고개 넘으면 편운재 시인의 고향이 열리고
가지 뻗어 저 만치 소풍길의 추억 운수암 가는 길
산자락 끼고 돌면 한편으로 미리내성지로 향하는 길
길옆으론 주막이 하나 가을꽃들에 둘러싸이고
솔밭 사이엔 호수가 하나 맑게 나앉아 잔잔히 물결 이는 곳
산란했던 날들은 가고 사랑도 가고
온 길 돌아보고 다시 갈 길 서둘러 생각하는 나이에
마음으로 열려오는 먼 고향의 황토 고갯길

<제 1시집 · 1985>

고향

할머니 손길이 멎은 그 고추밭엔
이제 누구의 알뜰한 꿈인가
바람에 펄럭이던 한겨울 하얀 비닐하우스

쫓겨나 방황하는 서러운 몸은 아니거니
개구리 울음 한창일 무렵 언제건 돌아가
고향친구 만나 술상 놓고 두런두런 하룻밤 지새우면
모두모두 가슴저린 애틋한 고향의 역사

술잔에 어리는 이 마을의 생과 사
이 마을의 성과 패
이 마을의 애환과 눈물
이 마을의 꿈과 추억
이 마을의 사랑과 이별
나는 영락없는 고향사람 이 마을 사람

객지의 어느 주막에서 술을 마셔도
어느 빌딩 썰렁한 책상에서
내 생명의 몫을 무겁게 감당하는 날에도
옹기종기 모여 놀던 그 마을 마실 방
오르락내리락 타고 놀던 그 마을 시냇물은 잊을 수 없어
낯선 사람 붐비는 도시에 실향민처럼 살면서
돌아갈 고향이 있다는 것
향일성처럼 고향으로 머리 두고 산다는 것은
커다란 위안이다, 그지없는 행복이다.

<제 1시집 · 1985>

실연기

철새처럼 그녀가 떠나간 것은
오직 그녀의 자유에 속할 뿐
그녀의 비밀에 속할 뿐
이제 와서 되돌려 후회할 일은 아니다

나의 진실로도 나의 순정으로도
나의 간절한 소망으로도
더없이 마음만 쓰라렸던 기억은
오직 그녀의 지혜에 속하는 일
내 젊은 날이 부끄러웠던 것은 아니다

이젠 제 각각 먼 거리에서
시대의 얼룩진 고독으로
육신을 다스리기는 매한가지
아픈 삶을 추스르는 일이
이승의 길에선 매한가지
누가 나의 옛 사랑을 어리석다 하는가

제 각각 가는 길은 오직 하늘만의 뜻인 것을
오류와 착각으로도 사랑할 수 있는 남자는
참으로 다행스러운 존재
나는 그녀의 천부적 혜안을 찬미한다

참으로 거룩한 이여
내 아집과 편견의 포획망을 비껴선 그녀에게
한 아름 축복을 안겨주소서
우리들 시대 커다란 사랑
그녀 가슴에 차오르게 하소서

<제 1시집 · 1985>

예감

그대를 사랑했던 추억으로서
그대와 헤어진 지 십여 년
한 번 만날 것 같은 예감

전철을 타고 서울 나들이 가는 길
부평역이나 구로역쯤에서
전철에 오르는 그대와
바람과 구름이 만나듯이
참으로 우연하게 만날 수도 있는 일이다

비록 모든 잘못이 내게만 있다고 하더라도
그대는 참으로 정다운 미소로서 다가오고
우리는 서로 반가움의 인사를 나눌 수도 있는 일이다

천지에 봄빛이 흐드러지면
목련꽃 그늘 밑으로 라일락 향기 곁으로
비틀거리며 우리가 취해들 듯이
나는 그대의 향기 그대의 꽃그늘에 젖어 있었지

광화문에서 종로로 종로에서 을지로
이방인처럼 거니는 저녁 해 이울 무렵
그대를 한 번 만날 것 같은 이 예감

<제 1시집 · 1985>

할아버지 추억

이십여 년 전 볕 좋은 가을날
추석을 엿새 남기고 돌아가신 할아버지
할아버지께서는 생존 시 마지막 여름을
서쪽 하늘이 훤히 펼쳐진 원두막을 즐겨 찾으셨다
거동이 불편하신 할아버지를 부축해
아침이면 그 쓸쓸한 자리로 모시고
저녁이면 집으로 모시었다
아버지는 객지로 떠돌며 풍운의 삶을 엮고
나는 열세 살 소년 할아버지와 함께 사는 시골소년이었다
객지로 떠돌던 당신 아들의 무사함을 바라며
아직 어렸던 손자 손녀의 재롱을 쓸쓸히 넘겨다보시던
차마 눈 감을 수 없었던 기운이 쇠잔하신 할아버지
해마다 봄이면 나를 데리고 산에 올라
수백 그루 소나무 묘목을 심으셨던 그 뜻이 무엇인지
이제는 나이 들어 어림하겠네
할아버지 영면하시고 이십여 년 세월
강산은 어느덧 두세 번 바뀌고
병고에 시달리시던 그 마지막 여름 저녁처럼
오늘도 서쪽 하늘엔 붉은 노을이 타네

<제 1시집·1985>

129

맞선

너의 이름은 아직도 커다란 그리움으로
내 가슴에 젖어 있는데
부덕이 있어 보이고 마음씨 느긋한 여인 하나 만나
밥상 차리고 찌들고 해진 옷 갈아입혀 주고
조촐히 이 세상 함께 건너갈 여인 하나 만나려고
마음 달래 먼지 날리는 거리를 지나
오늘 찻집에서 맞선을 보다
제 아무리 애써 보아도 연분이 닿아야만 된다는 그 일인데
오늘은 어쩌자고 또 이 곤욕스러운 자리에 나와 앉았나
어색하고 불편스러운 대화가 끝나고
기약도 없이 돌아오는 쓸쓸한 길에
저녁노을은 그 언제 적 사랑처럼 붉게붉게 타오르고
너의 지난날 그리운 모습 노을 위에 애달프다

<제 1시집 · 1985>

어린 새의 영혼을 위하여

밭갈이가 한창이던 봄날 아지랑이는 피어오르고
고운 노랫소리 산새를 잡기 위해서
온종일 둥지를 밀탐하던 나는 한 마리 작은 들짐승이었네
할머니가 등물하던 뙤약볕 따갑던 여름 한낮
마당가 꽃밭으로 날아든 호랑나비 잡기 위해서
꽃밭사이로 꽃밭 사이로 잠입하던 나는 붉은 혓바닥의 한 마리
꽃뱀이었네

가을 햇살이 부서지던 날
청명한 하늘의 고추잠자리 잡기 위해서 원형의 정교한 그물로
그 가벼운 비상을 향하여 몸을 날리던 나는 한 마리 날렵한
날짐승이었네

유년의 그 난폭한 장난을 생각하면서
새끼 잃은 어미새의 슬픔과
어미 잃고 죽어간 어린 새의 영혼을 위하여
꽃잎 위에 죽어간 호랑나비 아름다운 자태를 위하여
가을 하늘 맴돌다 죽어간 고추잠자리 그 가벼운 비상을 위하여
회상의 언덕에 올라 멀리 악동의 세월을 바라보네

<제 1시집 · 1985>

131

나무

사립을 열면 나무 한 그루
유년의 햇살 속에 잠기어 있다
할아버지 할머니 홀연히 승천하시고
천수를 다한 고향집 옛날처럼
먼 능선 해돋이를 지켜보며 서 있다
둥지를 떠나는 철새들처럼
연로하신 부모님 서울서 모셔가고
뿔뿔이 흩어진 오누이들
언제 다시 그리운 옛집에 모일 것이냐
전답은 오래전 팔려나가고
곳간엔 더 이상 나락이 쌓이지 않는다
잃어버린 고향 오다가다 만나는 낯선 얼굴들
잔칫날이 와도 설날이 와도
반겨 맞던 일가친척 발길 끊기고
마을사람 정답게 오고가지 않는다
세월은 이렇게 무정한 것인가
내가 타향에서 나이를 먹으며

절망의 시를 쓰는 동안
고향에선 살구나무 한 그루
담장키를 넘어 자라고 있었다
외로움을 달래려는 듯 화사한 꽃을 달고 있었다

<제 2시집 · 1988>

주봉이

종업식을 마치고 해는 중천에 걸렸는데
일찍 교문을 나서 아쉬움과 해방감이 뒤섞여 귀가하기가
꾀가 난다
다방에 들러 커피 한잔을 마시고서도
자꾸 마음은 풍선처럼 부풀어 귀가하기를 거부한다
연안부두를 갈까 월미도를 갈까
망설이다가 망설이다가 발길 닿은 곳 안주거리가 좋다는 소래포구다
그림자 하나 동반하고 몇몇 사념 벗 삼아
짭짤한 바닷바람에 쐬주나 한잔 할란다
시커멓게 드러난 갯벌 위엔
갈매기 몇 마리 끼룩끼룩 포구의 애환을 허공에 날리고
엷은 겨울햇살 비춰드는 양지쪽에 해물 안주 한 접시로
쐬주를 든다
술기운이 올라서일까
문득 이곳이 집이라던 주봉이를 생각한다
학교가 싫어 수도 없이 결석하고 학교를 뛰쳐나온 주봉이

아버지를 도와 바다에 나갔을까

학교보다는 바다가 좋고

옴짝달싹 못하게 틀에 박힌 생활보다는

시원한 갯바람의 자유가 좋아 훌훌 구속 벗고 나온 것인가

그래도 마음에 걸려 네 모습 아른아른거리는 것은

아직은 어린 나이 삶은 어차피 구속인 것을

인생은 끝없는 투쟁인 것을

혀를 세워 저항할 줄도 모르는 너의 순수

네 이름 위에 겹쳐지는 영호, 광석이, 정석이, 정환이

지금은 차가운 세상 어디에서

서투른 고뇌를 곱씹으며 폭군 같은 나를 생각이나 할 것인지

자책의 술잔을 든다

엷은 겨울 햇살 속에서 소금기 짭짤한 갯바람 속에서

<제 2시집 · 1988>

무관심

인천시 신포동 지하상가 계단에는
손바닥이 새까만 아이가 하나 늘 엎드려 구걸을 한다
조그만 그릇 하나를 받쳐 들고
이마가 바닥에 닿도록 쭈그리고 자선을 구한다
그릇 속에는 동전이 서너 개
저 녀석이 동전을 구하나 인정이 아쉬운가
찬바람을 일으키며 나는 바삐 지나간다
인정 많은 할머니들도 본체만체 지나간다
신부님 목사님도 보는 둥 마는 둥 지나간다
눈가에 눈물 자국 선연한 채로
전쟁고아들은 다 자랐을 텐데
저 무수한 사람 발길에 채이며 구걸하는
땟물 눈물에 절은 아이는
날이면 날마다 어디서 솟아나는 것일까
지지리 못난 부모는 병이 났을까
바람이 나 도망을 쳤을까
용무를 마치고 돌아오는 길에도

고슴도치 모양으로 그 시늉이다
녀석에게도 사연이 있을 텐데…
빤질빤질 닳고 닳은 세상
신용을 잃은 녀석 하소연은 통하질 않고
지하도 입구로 몰아치는 초겨울 찬바람
죄 없는 아이의 목덜미만 때린다, 귓불만 얼린다

<제 2시집·1988>

논두렁길

어머니는 제 노래의 寶庫입니다

제 사랑의 원천

지성의 전답

신앙의 모체입니다

하얀 모시저고리 곱다란 새댁

어린 내 손목잡고 나들이 가던

먼 추억 속 외갓집 뽀얀 논두렁길이

저에게 꿈을 꾸듯 아련한 추억이오나

어머니 당신에겐 형극의 가시밭길 시작이었습니다

많이 연로하신 어머니

어머니의 눈물

어머니의 고통 그 희생과 사랑을 통하여

저는 하나의 진실을 발견합니다

당신은 내 삶의 근원 기쁨의 샘

한 아름 벅차오를 희망입니다

우로의 피난처 감미로운 자장가

황량한 세상의 아늑한 평화입니다

<제 2시집 · 1988>

138

어머니

어머니 나를 낳으시고
조석으로 끼니를 마련해 주시었어도
어떻게 내 마음 낱낱이 아시기나 하랴
곤충을 쫓아다니던 어린 날의 기쁨
토끼풀을 뜯던 들녘의 그 평화
어떻게 모두모두 기억이나 하시랴

동무와 다투고 코피를 쏟던 그 난감
첫사랑이 움틀 무렵의 그 비밀한 울음
어떻게 일일이 아시기나 하랴
늘 가까이 계시지만 아득히 멀고 비밀이었을 생각의 거리
감추어진 내 가슴에 자라는 꿈
어떻게 어머니가 아실 수야 있으랴

그러나 뜻밖에 내 생각의 끝 간 데까지
내 이상의 높이에까지 어머니는 거기에 계시었다
햇빛으로 계시거나 봄바람으로 계시었다
또 영롱한 별빛으로 계시었다

절망과 비애의 늪에서도
오뚝이처럼 나를 일으켜 세우시어
나는 모험을 즐기는 탐험가같이
미지의 세계로 미지의 세계로 용감히 나서는 전사와도 같았다

<제 2시집·1988>

손녀딸

생일이 똑같은 어린 딸들이
할머니를 여간 좋아하지 않는다
자상하신 목소리로 예전 할머니들처럼
사랑으로만 잘 감싸주시니
어느 때는 저희들 엄마보다도 더 좋아하는 눈치다
머리를 잘 빗기고 옷을 갈아 입혀서는
성당의 레지오 모임에도 데리고 가시고
동무가 있는 이웃 할머니 댁에 데리고 마실도 가시니
아내가 애들을 떼어놓고 외출을 해도
아무런 내색도 없이 할머니만 졸졸 따라다니는 것이다

<제 2시집 · 1988>

141

할머니 행상

요새 할아버지 할머니들은 뭐 하며 소일할까
복덕방에 나앉아 화투장에나 맘 붙일까
아파트 지을 때 덤으로 지어준
썰렁한 노인정에 빙그르르 둘러앉아
목침 베고 눕거나 담벼락에 기대어
꾸벅꾸벅 졸음에 겨워 헛기침을 하던지
담배를 피워 물고 너도나도 한마디씩
아들놈 며느리놈 작태가 못마땅해
지긋이 눈 내리감고 지나간 시절 멀찍이 응시하며
아련한 향수에나 젖는 것일까
집을 지어도 온통 저희들끼리 살게만 지어놓고
물건도 노상 젊은 놈들 편하게만 만들어 놓고
법이란 것도 제 놈들 좋을 대로 뒤바꿔 놓으니
때 되어 세상 하직할 때에
그렇게 돌아가 묻히고 싶은 고향 뒷산에 묻힐 수나 있을는지
자식 손자 모두 떠나보내고
두 늙은이 홀늙은이 마을 지키는 쓸쓸한 우리들의 고향에서나

사람의 물결 자동차 물결 북새떠는
서울거리서 마주치는 주름살투성이의 할아버질 보거나
허리 꾸부정한 할머니를 보거나
이십여 년 전 타계하신 할아버지 생각난다
십여 년 전 타계하신 할머니 생각난다
할아버지 할머니의 인자하신 사랑을
어머니는 지금도 잊지 못하신다
그래 가난하고 병든 노인을 보면 항상 마음 아파하신다
어머니가 다시 노인이 되고 할머니가 되었어도
늙은 할머니 행상이 건어물 보따리를 펼쳐 보이면
그저 따뜻한 인정으로 물건 하나 고르신다
천수를 다하고 병고 끝에 노인 하나 세상 떠나면
열 일 제쳐놓고 연도길에 나서서
망자의 영혼 평안을 빌으신다

<제 2시집 · 1988>

용돈을 넉넉히 드릴 수 있다면

가시고 싶은 곳 가보시도록
용돈을 넉넉히 드릴 수 있으면 좋으련만

막내이모네 막내딸 결혼식에 가셨다가
덕우리 큰 이모네로 요당리 둘째 이모네로
막내 이모 함께 둘러보시도록
이모네 손자손녀들 용돈도 조금씩 주시고

정월 설 세시고는 칠순의 큰어머니 함께 고향에 들러
오랜 정분의 고향 아주머니들과 얘기꽃도 피우시고
떡국도 끓여 잡수시고 오시도록
용돈을 넉넉히 드릴 수 있으면 좋으련만

절두산 성지며 성지순례를 다녀보시고
저 충청도 음성땅 오 신부님 세우신
가난한 이들의 마을 꽃동네를 찾아보시고
철야기도회며 각종 교회 행사에 참여하시도록
용돈을 넉넉히 드릴 수 있으면 좋으련만

고조부모 중조부모 할아버지 할머니 제삿날이면
지성으로 찾아가 제상을 차리시는 어머니
큰댁 고모댁 큰일 때이거나 꼬마들 백일 돌날이거나
꼭 찾아가 보고 싶어 하시는 어머니
마음에 드시는 옷가지 사들고 가보시도록
용돈을 넉넉히 드릴 수 있으면 좋으련만

늦게 얻으신 쌍둥이 손녀딸들이 보채거나 떼를 쓰면
몇 푼 안 되는 용돈을 쪼개어 과자를 사주시고
목마를 태워주시는 어머니에게
때맞춰 옷이나 한두 벌 해드릴 수 있으면 좋으련만

몇 푼 안 되는 용돈을 타 쓰시면서
용돈을 떨어져도 말씀을 못하시고
가시고 싶은 곳 가시지도 못하고
아들 따라 낯선 도시에 올라오시어
나를 키우시던 그 사랑으로
이제 다시 손녀딸들 돌보시느라 고생만 하시는 어머니

<제 2시집 · 1988>

145

동행

강둑길 지나 오솔길
감자밭길 지나 수수밭길
길동무 되고 말동무 되어 함께 가자 우리
비 내리는 아침부터 눈 내리는 저녁까지
꽃 피는 시절부터 낙엽지는 계절까지
자갈길 지나 황토길
오리무중 안개길 노을 진 저녁길
논두렁 밭두렁 함께 가자 우리
마침내 서운케 헤어질 날 오리니
눈물과 한숨 주고받으며
슬픔을 만나면 슬픔과 더불어
기쁨을 만나면 기쁨과 함께
들길에 앉아 꽃을 보다가
땡볕 속 걷다가 나무그늘에 쉬다가
등짐 잠시 내려도 놓고 하늘 보고 구름을 보며
가시밭길 흙탕길 돌밭길일지라도
함께 가자 우리 천생의 연분으로 함께 가자

<제 3시집 · 1990>

시인과 건달

시인과 건달 마주 앉아
주거니 받거니 술잔을 나누며 세상 얘기 하고 있다
네가 잘 났거니 내가 잘 났거니 그런 얘기가 아니라
네가 부자거니 내가 부자거니 그런 얘기가 아니라
시인은 시인으로서 못난 구석을 내보이고
건달은 또 저대로 지 못난 구석 내보이며
억울한 얘기 고달픈 얘기 섞어가며 술잔을 기울이고 있다
가난한 농사꾼이 끼어들어 투덜대고
일자리 잃어버린 백수가 만면에 미소를 걸치고 나타나고
또 그렇게 주거니 받거니 못나고 가난한 얘기
우수수 낙엽지는 가을밤을 취하고 있다

<제 3시집 · 1990>

147

먼 옛날

말을 할까 말해버릴까
멈추어 서선
저만치 멀어지는 가시내의
뒷모습 바라보다가
돌아서서 피빛 선연하게
가슴에 불을 지르던
그런 날이 내게도 있었어라
더러는 한 세상 눈물로 살다가
죽어선 산간에 꽃이 되어선 피고
더러는 살아생전 쉼 없이 가슴에 설은 풀이 돋아나
사시사철 외롭게 꽃을 피우는 시인이 되고
꽃불에 타던 가슴
말을 할까 말해버릴까
말 못하고 돌아서던
그런 날이 내게도 먼 옛날에 있었어라

<제 3시집 · 1990>

148

미련

십대 후반 혹은 이십 전후에 아름다운 연애를 했어야 했는데
팝송이 유행했었지
몇 곡의 노래 함께 들으며
마른 풀섶 혹은 교외선 열차에 다정하게 기대 앉아
사랑의 밀어를 나누어야 했는데
젊음의 의무였는데 권리였는데
십대 후반 혹은 이십 전후에 성탄절, 크리스마스 캐롤
한 번의 크리스마스이브는 밤을 지새며
아름다운 사랑으로 장식해야 했는데
한 번의 여름은 뜨거운 바닷가에서
영원과 사랑의 얘기 젊은 날의 번민도 나누어야 했는데
별이 총총한 바닷가 밤하늘 모래성을 쌓으며
혁명을 얘기하고 민주주의를 논하고
우리는 밤을 새워 긴긴 사랑의 편지 썼어야 했는데
무지개처럼 찬란한 젊은 날의 꿈
가슴 설레는 사랑 이야기
한 번의 가을엔 운명처럼 쓰라린 이별도 와야 했으리
너무도 긴 세월 흘러왔구나
뜨겁게 활활활 타오르던 가슴 속 정열
너무도 긴 세월 흘러왔구나

<제 3시집 · 1990>

옛날이야기

이제 와서 알겠다
껍데기만을 사랑했음을
그 여자의 알맹이가 어딘가 있었을 텐데
군대를 마치고 만학을 하던 무렵
친구들은 하나 둘 청첩장을 띄우고
셋방을 얻어 신방을 꾸미곤 했다
나도 덩달아 신혼을 꿈꾸며 너를 사랑했었지
너와 함께 인생을 설계하리라
밤마다 살며시 너의 꿈을 노크하고
사랑을 고백하며 연애를 시도했었지
너는 가까운 듯 먼 듯 잡힐 듯 말듯
고운 미소를 교정에 뿌리며
부풀 듯한 젊음을 뽐내고 있었다
어리석었지
긴긴 사랑의 노래 불면의 밤 너에게 바쳤을 뿐
내가 너의 알맹이를 외면하고
온종일 너의 껍데기를 사랑하고 있을 때
그는 너의 껍데기를 외면하고
한 움큼의 보석으로 너의 알맹이를 차지하고 있었던 걸

<제 3시집 · 1990>

너의 어머니가 너의 사랑스러움을 믿듯이

쌩쌩 달리고 싶었던 게지
우연히 오토바이 열쇠를 주웠으니까
장난삼아 해본 철없는 짓이었겠지
오늘 경찰서 취조실에서 너를 만나
네가 이내 고개를 못 들고
무릎 깊숙이 머리를 묻고 있는 걸 보면서
난들 무슨 할 말이 있었겠느냐
이제 열여섯
평소에 너를 얼마나 믿었는데
네가 절도범이 되어
전과자의 낙인이 찍힐 것을 생각하니
분한 마음에 말문이 막히더구나
너의 어머닌 얼마나 불쌍한 분이더냐
스물넷에 젖먹이 너희 남매를 두고
너의 아버지 비명에 갔을 때
너의 어머니 심정이 어떠했겠느냐
시퍼렇게 젊은 새댁 어린 자식 데리고
남은 삶이 두려워
엄마 없는 3남매의 어머니 노릇까지 하리라

재가한 것이 아니겠느냐
너의 어머니 시뻘겋게 충혈된 눈에서
왈칵 쏟아질 것 같은 오열을 보았다
언젠가는 서로 자식들 의지하고 살리라 하고
재혼 수속도 하지 않았다는
너의 어머니 말에 마음이 찡하더구나
저 차가운 법 앞에 너를 세우다니
잘했느냐 잘못했느냐는 나의 추궁에
잘못했다고 고개를 떨어트리던 너의 모습
학교 다니고 싶으냐 다니기 싫으냐는 나의 질문에
나직이 다니고 싶다며
눈빛이 흐려지던 너의 모습
선처를 부탁하는 나에게 담당형사는
우리가 무슨 힘이 있느냐고 하더구나
그래, 엄중한 법 앞에
담당형사인들 무슨 힘이 있겠느냐
다만 너의 어머니가 너의 사랑스러움을 믿듯
이 담임선생이 너의 선량함을 믿듯
법정에 서기 전에 누군가
너를 용서하기를 빌 뿐인 것이다

<제 3시집 · 1990>

4부

겨울 배추밭에서

겨울 배추밭에서

고절을 지키던 들국화도 아름다운 생애를 마감하고 있다
마지막 잎새들을 나부끼며 작별을 고하는 미루나무의 단정한 몸짓
모두모두 한 생애가 아름다웠다
영광을 바라지 않았기에 치욕도 없었고
과욕을 부리지 않았기에 부족이 없었다
후회 없는 일생 넉넉한 한 생애
본분에 충실하여 목숨은 저절로 빛났거니
노을빛 더불어 아름답게 마감하는 초겨울 벌판은 장엄하다
배추밭머리에서 발길 멈추고
통통하게 알이 밴 채 시들어가는 배추포기에
마음에 내리는 한 줄기 회한
모두모두 아름다운 최후의 목숨 앞에
한 서리게 한 생애 마감하는 배추들을 보면서
비로소 마음에 일어나는 쓸쓸함
얼마나 많은 아픔들을 대신하여 초겨울 배추는 시들어가는 것이냐
삶의 뜻에 충실하려다 덧없이 사라진 목숨들을 보는 듯
수확되지 않은 겨울배추는 영혼의 쓸쓸함이다
세상살이의 또 하나 쓸쓸함이다

<제 4시집·1992>

155

할머니의 팔매질

들녘에서 하루 일을 끝내고 돌아오시던 할머니는
논두렁의 풀섶을 뱀이 지나가면
돌멩이를 주워들고 연실 팔매질을 하셨다.
무심히 뒤따르던 어린 손자는
영문을 모른 채 할머니를 바라보고
더러는 덩달아 돌을 쏘기도 하였다.
할머니의 팔매질은 푸른 들녘의 햇살이 되고
아름답던 날의 서정이 되고
할머니의 팔매질은 우리 집의 사랑이 되고
세상의 평화가 되고
밤늦도록 불 밝히고 꿈을 가꾸던 토담집 들창머리에 오시어
애야, 이제 그만 자거라 하시던 그 음성 못내 그리워져도
대소한 지나는 계절의 길목
분분히 눈발만 흩날리는데
할머니는 벌써 세상에 아니 계시고

<제 4시집 · 1992>

아내의 입원

아내가 입원을 한 후로
칠순의 어머니가 살림을 하신다
청솔가지로 불을 지피며 밥을 지으시던 어머니가
전기밥솥에 밥을 지으신다
차가운 얼음장을 깨고
손발 꽁꽁 얼리며 빨래를 하시던 어머니가
세탁기를 돌리며 빨래를 하신다
구수한 청국장은 옛날 맛 그대로이다
어머니의 옛날은 나의 옛날이 되고
저녁연기 솔솔 피어나던 초라한 고향집은
다시 그리운 추억이 된다
나의 어린 시절과는 사뭇 다른 손녀들의 어린 시절
등교준비를 서두르는 손녀딸들 앞에서
어머니의 손길은 서툴기만 하다
아내의 손발이 풀려 퇴원하는 날
전화벨은 다시 바쁘게 울려대고
우리 집 마루는 다시 빛이 나리라
어머니의 옛날은 다시 아름다운 옛날이 되고
나의 어린 시절은 다시 그리운 옛날이 될 것이다.

<제 4시집 · 1992>

157

옛 생각

다소곳 초가집들 동쪽을 향해 엎드려 있었다
동갑나기 셋 한두 살 많고 적은 십여 명 또래들
우리는 말을 놓던 동무들이었다
전깃불이 없는 마을엔 가물가물 호롱불이 켜지고
할 일이 없는 아이들은
저녁마다 골방에 모여 토닥토닥 화투를 쳤다
이제 모두 오십 대 보란 듯이 출세한 사람도 없이
순경을 하고 수리조합 직원이 되고
등 너머 양계장 주인이 되고
여기저기 일갓집에 빚을 지고는
쫓겨나듯 고향 떠나 전세방 살고
고도성장 뒷그늘에 바람이나 맞으며
이젠 흰 머리에 주름살만 늘어
지금쯤 어느 주막에 막걸리를 마실까
어느 낯선 거리 외진 골목을 말없이 돌아들까
어릴 적 고향 애틋한 추억은 저마다 가슴에 품고 살건만
어려운 형편에는 만나기도 겁이 나
오다가다 바람결에 듣고나 살지

<제 4시집 · 1992>

158

생일에

성대하게 생일잔치를 한다는 얘기도 들었다
친구들이 모이고 친척들이 모이고
축하의 인사 선물 꾸러미
성대하게 생일잔치를 벌인다는 얘기도 들었다

축하의 전화 엽서 한 장 없이
이 봄 또 한 번 쓸쓸하게 생일을 맞는다
아내가 끓여준 미역국을 먹으며
어머니와 딸들과 둘러앉아
조촐하게 맞이하는 또 한 번의 생일

마흔두 해가 넘도록 오늘이 네 생일이구나
전화 한 통 편지 한 장 없는 객지의 아버지는
무슨 일로 내내 바쁘신가

제비는 벌써 돌아와 날고
목련꽃 피고 라일락 꽃향기 날리려 하네

아내가 끓여준 미역국을 먹으며
어머니와 딸들과 함께 맞는 생일
이만하면 세상에 행복도 하잖은가

혈육 하나 없이 까마득히 잊어버린 생일도
세상엔 얼마나 많을 것인가

<제 4시집 · 1992>

고향

남들이 내게 고향을 물으면
나는 어디어디라고 자랑스럽게 얘기한다
그러면 남들은 대개
아, 좋은 데로군요 하고 맞장구를 친다
고향이 좋고 나쁜 곳이 있을 리 있나
서울 청계천변이면 어떻고
부산 자갈치 시장이면 또 어떠냐
산수 좋고 인심 좋기론 다 마찬가지 예전엔 다 마찬가지
자랑스럽게 고향을 얘기하고
나는 혼자 부끄러워한다
나 혼자 고향엘 다녀와 보면 고향은 이제 자랑할 게 못된다
돈바람 투기바람이 불고 인심도 풍속도 예전과 같지 않고
텅 빈 채로 낡아가는 옛 집들
젊은이가 모두 떠난 마을엔 쓸쓸하게 늙어가는 노인들만 남아서
고향은 이제 도회지 사람들 외로운 마음속에나 있다
먼 추억 속에나 있다

<제 4시집・1992>

161

마을

알밤이 톡톡 떨어지는
바람도 좋은 가을 동산
알밤 줍던 아이들 모두 어디로 갔을까
까치 떼 앉았다 날아간 감나무엔
주렁주렁 열려있는 탐스런 홍시
홍시 따던 젊은이들 모두 어디로 갔을까
텅 비어 있는 마을 어귀로
백발영감 아들 손자 며느리 기다리는 듯
멀리 동구 밖을 한번 쳐다보고는
이내 쓸쓸히 마을로 들어서고
삽살개도 짖지 않는 고요한 마을
아이들의 소란도 자취를 감춘 담장 가엔
봉숭아 분꽃이 빨갛게 가을볕에 피었다
할머니는 할아버지 밥상을 차려놓고
텃밭에 나가 고추라도 따는 걸까
비어있는 집 한나절 마당가에는
토종닭 몇 마리가 외로워 보인다

<제 4시집 · 1992>

162

가을 나들이

간판사이를 뚫고 자동차 소음의 홍수를 빠져나와 그린벨트 오솔 길을 지나 한동안 걸어나가면 상쾌한 가을바람 소나무 숲을 지나 귓가를 스친다. 산등성이 너머로 뾰족뾰족 보이는 은행 건물, 종합 병원 지붕을 애써 외면하면 이제 막 갈걷이를 끝낸 논바닥의 볏짚 들이 아늑한 풍경을 이룬다.

쪽파를 다발다발 묶는 수건을 질끈 머리에 동여맨 할머니에게 값을 물으면 도회지 시장보다 곱절은 싸다. 막 밭에서 뽑은 달랑무 도 몇 다발 사고 쪽파도 한 다발, 산골 오지 출신의 아내가 모처럼 생기가 돈다.

농민들의 애환이 들릴 때마다 성북동 비둘기의 몸짓만큼이나 안 쓰러웠다. 마른 풀섶에서 미루나무 가지로 날아오르며 까악 까악 까치 몇 마리 초겨울 소식을 전하고 우리들의 생활이 도시로 도시 로만 몰려들어 구름의 한가로운 몸짓을 잊어버리고, 통통하게 알 이 밴 배추포기며 하얗게 서리가 내린 빈 들녘의 상쾌함을 잊어버 린 건 도시가 안겨주는 풍요보다도 커다란 상실이다.

빈곤에 시름 앓는 무밭의 농부들에게 향수와 평화를 바라보는
게 송구스러워 멀리 눈을 들면, 김장철을 기다리는 푸른 배추밭 언
덕배기 사이로 언뜻언뜻 보이는 빌딩의 숲, 저 빌딩의 숲에 내 보
금자리도 있으니 뉘엿뉘엿 지는 해에 긴 그림자 늘이고 생활과 책
무와 소일거리를 위하여 오던 길 다시 내 돌아가지만, 쪽파를 다발
다발 묶던 소박한 미소여, 가을 벌판에 내리던 쓸쓸한 햇살이여

<제 4시집 · 1992>

시를 버리지도 못하고

내가 저 스승 뻘 되는 시인들만큼 시를 쓸 수 있겠는가
그렇지 못할 바엔 그냥 시를 집어치우고
좋은 시를 찾아 읽는 걸로 만족하고
나는 나대로 열심히 생업에나 종사하는 게 좋지 않을까 하다가도
좋은 시를 쓸 수 있을 것 같은 생각이 들기도 해서
또 열심히 시를 써놓고 보면
내 스승 뻘 되는 그런 시인들의 시에는 어림도 없는 것이다
그러나 한 가지 분명한 것은
가장 훌륭한 시인들의 시를 읽는 것 못지않게
한 편의 서투른 시를 지어내는 일의 즐거움 때문에
나는 시를 버리지도 못하고
자꾸 서투른 시를 짓고 있는 것이다
언젠가는 내 서투른 시가
누군가의 스승 뻘 되는 감동적인 시가 되기를 바라면서

<제 4시집 · 1992>

사랑의 꽃은 어디에서도 피어난다

바위절벽 틈새에서도 꽃이 피어나듯이
사랑은 어디에서도 피어난다
저 회색빛 대도시도 사랑의 꽃밭이다
털털거리며 달리는 시골버스 속에서도
혈육 없는 노인의 임종 곁에서도
사랑은 꽃송이로 피어난다

주막집에 둘러앉은 나그네들 가슴에도
모두 떠나 텅 빈 우리들의 고향에서도
한 송이 꽃은 밝게 피어난다
교도소의 어두운 철창 안에서도
고아원 뜨락의 핏기 없는 얼굴에서도
사랑은 탐스럽게 꽃으로 피어난다

찬송가 소리에만 사랑이 넘실대는 것이 아니다
기도소리에만 사랑이 충만한 게 아니다
아파트 베란다에서 사무실 책상 위에서도

한두 송이 예쁜 꽃이 피어나듯이
노점상의 파리한 마음속에도
사랑의 꽃송이는 피어오른다

성자의 가슴속에만 피어나는 게 아니다
방범대원의 호각소리에도
범죄자의 가슴속에도 사랑은 피어난다
사랑의 뿌리는 굳세고 그 꽃은 아름답다
참회하는 자의 눈물은 아름다운 꽃송이다
모든 고뇌와 슬픔은 터지려는 꽃망울이다

헤어진 연인들의 가슴 속에도
어느새 사랑의 꽃은 다시 피어나고
남과 북의 백성들 마음속에는
벌써부터 꽃들이 만발하였다
사람들 마음은 항상 아름다운 꽃밭이다
쉼 없이 사랑의 꽃 피어나는 화창한 오월의 꽃밭이다

<제 4시집·1992>

167

스물셋 무렵

스물셋 무렵이었던가
나는 어느 날 불현듯 머리를 삭발하고 서울을 떠나
산길을 뚫고 눈 덮인 들판을 지나
길을 잃고 헤매다 찾아든 들짐승처럼
홀연히 법주사에 당도하였으니
큰 스님 나를 불러 앉혀놓고
나이를 묻고 고향을 묻고
산사에 들른 까닭을 묻고는
머물러 있어보라고 하였던 것이니

새벽 세 시에 일어나 예불하고 나무하고 마당 쓸고
함께 머물렀던 젊은 행자들
담 밑으로 숨어들어 담배를 함께 빨며
산사에 머문 까닭을 도란거리며
한동안 세상도 사랑도 부모도 다 떠나
떠돌이 중이라도 되고 싶었다
가물가물 그리운 고향과 어머니

꿈 더불어 타오르던 젊은 날의 향학열
한 열흘 지났을까
큰 스님 나를 불러 앉혀놓고
내 뜻을 다시 물었을 때
내 머뭇거림을 스님도 안타깝게 여겼을까

경내를 다시 걸어 나오던 날에
그 차갑게 불던 바람 서걱거리던 나뭇가지들

<제 4시집 · 1992>

169

주신 목숨 살다가

주신 목숨 살다가
기력이 다하고 의무를 다 하고
돌아갈 날 가까이 오면
내 몸 불길에 태워 한 줌 재로
바다에나 띄우라고 그렇게나 이를까
좁은 국토에 비집고 눕자면
그 또한 염치도 없고
어느 산정에 나를 버려 날짐승의 먹이나 되라 하랴
바다에 내어던져 물고기의 밥이나 되라 하랴
세상에 살았던 흔적으로
돌 한 개 세우는 일 차마 부끄러워
이 세상 마지막 하직하는 날
아무 쓸모없는 몸뚱어리 하나
무어라 이르고 세상을 뜨랴
억겁의 인연으로 낯익혔던 사람들
모두 모두 세상을 뜨면
황량하게 낯선 세상에 외로울 내 봉분 하나
그 쓸쓸한 세월을 어찌 견디랴

<제 4시집 · 1992>

170

복덕방

늘그막에 소일거리로 간판을 내걸고
고객이 오면 이리저리 다니며
전세방을 보고 월세방을 보던 때가 있었다
직장 퇴물 되어 물러앉아
자식들 세간내어 밖으로 내보내고
동네 늙은이들 모여 앉아
화투장을 뒤적이고 장기 알을 매만지면
젊은놈들 더러 기웃거리며 담배를 빼어물기도 하였다
가난한 사람들 찾아가면
마음 좋은 늙은이 안경 너머 바라보며
돈 없는 사정 미리 알아보고는
연탄불이 잘 들이는 싸구려 월세방을 잡아주기도 하였다
그나마 젊은 것들에 다 넘어가고
올 데 갈 데 없는 늙은이들은
더러는 목을 매어 죽기도 하고
더러는 먼 타곳에 내버려지고
자식들 소식 끊긴 쓸쓸한 양로원
볕드는 양지쪽에 모여나 있고
부모에 효도하던 옛날의 풍속도 있었다
할아버지 할머니 사랑으로 아이들이 커가던
그런 정경도 옛날에는 아름다웠다

<제 4시집 · 1992>

171

소나기

장광 독 닫아라
소나기 올라
고추멍석 걷어라
비 들이칠라
부스스 낮잠 곁에
엄마 목소리

잠 깨어
마당으로 나가봤더니
어느새 고추멍석
흠뻑 젖었고

허둥지둥
뒤란으로 달려갔더니
아이쿠, 이런! 장광 독엔
빗물 고였네

엄마는 다시
밭에 나가고
햇빛은 쨍쨍
다시 빛나고

<제 5시집 · 1993>

상실

봉숭아와 백일홍을 가꾸던 손길이
이제 이름도 낯선 이국의 화초를 키운다
흙담장에 호박넝쿨 올리던 시절은
아득하게 흘러간 그리운 추억
이국의 화초도 어여쁘고
고층아파트 승강기 편리하기는 해도
가난하고 순박하던 옛 시절
그 꽃밭에 꽃들 호박넝쿨을 어찌 잊으랴
우리들의 고향은 폐허처럼 쓸쓸해지고
나는 무엇에 쫓겨 이 도시의 실향민인가
동년배의 소설가는
우리가 고향을 간직한 마지막 세대라 했다
컴퓨터와 승용차와 해외여행
날로 편리해지는 이 문명의 시대에
고향은 또 언제 기억 밖으로 가물가물 사라져갈 것인지

<제 5시집 · 1993>

추석 무렵의 햇살

천지에 가득한 저 햇살이
모두모두 태양이 골고루 뿌려주는 선물이어서
우리는 항상 태양과 함께 살고도 있는 것이다
어린애처럼 즐겁게 그 햇살 아래 마냥 기쁘게 살고 있다
아침햇살은 찬란하게 온 세상을 희망과 기쁨으로 맞게 하고
저녁 햇살은 조용히 하루 일을 축복하며
평화와 휴식을 마련하여준다
봄 여름 가을 겨울 계절마다
햇살은 우리들의 마음을 잘 알고 달래 주는 것이다
내일 모레가 추석
밖에는 지금 밝고 고운 금빛 햇살이 지천으로 내려와
명절 분위기를 한껏 북돋워 주고 있다

<제 5시집·1993>

174

나무들

타박타박 걸어서 하교하던 통학길
줄지어 서 있는 나무들 몰라보게 자랐구나
몸통은 이제 한 아름 그늘의 터널을 이루며
내 연륜과 함께 자란 나무들
벗들 모두 떠난 고향에서 내가 만난 것은
이십여 년 전 나무들
가늘고 여리던 나무들이
성년식을 끝낸 장정들처럼 의젓하다
고향집 담장 곁에 참죽나무 한 그루
아름드리로 자라 머쓱하게 옛 주인을 맞는다
수줍고 부끄러운 것은 어설픈 시인
나지막한 언덕이여 오솔길이여
낯익은 밤나무들이여
어린 가슴에 자라나던 꿈이여 사랑이여
푸른 하늘과 먼 산맥 봉우리들이여
나는 너희들이 그리워 밤마다 시를 쓰고 싶었나보다

<제 5시집 · 1993>

175

인천사람

나는 아무래도 인천사람이 되지 못할 모양이다
나이 삼십에 인천엘 왔으니
오고 싶어 온 게 아니고 일자리를 찾아왔으니
나는 지금도 고향사람 되고 싶은 것인지 모른다
나는 지금도 종종 서울사람 되고 싶다
이제 어떻게 서울사람 된단 말인가
누가 일자리를 선뜻 내주며 어떻게 집 한 칸 마련하고
사람은 또 어떻게 사귀어 지낼 것인가
인천사람과 술을 마시고
인천의 일터에서 땀을 흘리고
해를 보내고 다시 맞이하기 십수 년
어쩔 수 없이 내가 인천사람 같기도 하고 아닌 것 같기도 하고
몇 번이나 떠나려고 날갯짓도 했지만
이제는 붙박이처럼 떠날 수도 없이
봄이 가고 여름이 가고 또 가을이 가고
이제 어쩌다 들르는 고향이 낯설고 서울엘 가면 서울이 낯설고

<제 5시집·1993>

팔월의 왕자

왕자와도 같이 위풍당당하던 팔월의 태양이
온 세상 초목들을 너울너울 춤추게 하고
사람들을 모두 바다로 강으로 불러내더니
이제 그 소임을 다 하였다는 듯
서서히 떠날 채비를 하시네
풀잎과 나뭇잎들은 여린 손을 흔들며 아쉬워하고
왕금마차를 타고 서서히 떠나시는 왕자
배웅하며 따라가는 바람의 들녘엔
향기로운 그대의 발자취 금빛 햇살이 퍼지고
가시어도 아주 가시지는 않고
이웃 고을로 이웃 고을로 다니시다가
다시 오시리라는 약속
풀잎과 나뭇잎 여린 손을 흔들고
황금마차를 타고 서서히 떠나시는 팔월의 왕자

<제 5시집·1993>

세상에는 즐거운 일들도 많고

세상에는 즐거운 일들도 많고
괴롭고 슬픈 일들도 많다
즐거운 일들만 있는 사람들도 있는 모양이다
부러운 모습이다
나는 어떤 모습으로 비춰질까
괴로움이 많은 사람보다는
즐거운 일이 많은 사람처럼 보이고 싶다
항상 기뻐하라는 말씀도 알고 있지만 실천하지는 못하고 있다
생각하면 사람은 얼마나 불쌍한가
주여, 우리를 불쌍히 여기소서 하고 사람들은 기도한다
세상에서 벌어지는 갖가지 일들을 보라
나를 에워 싸고 참으로 엄청난 일들이 벌어지고 있다
갖가지 크고 작은 음모가 꾸며지기도 하고
천부당만부당한 오해가 빚어지기도 한다
목전에서 파괴되는 아름다운 풍속
공공연히 묵살되는 진리와 자유
낯익은 동물들이 멸종하리라는 소식엔 착잡하고 절망스럽다
즐거운 일이 많은 사람처럼 보여지고 싶은 것
이 또한 부질없는 욕심일 게다

<제 5시집 · 1993>

178

70대의 시인들

나는 근래 70대 시인들의 시집을 자주 읽는다
그것은 최재형 시집 <당신에게로 가는 길>을 우연히 읽게 된
이후부터다
이후 나는 신동집 시집 <귀향. 이향> <누가 묻거든> <송별>
조병화 시집 <외로운 혼자들> <후회없는 고독> <낙타의 울
음소리> 등
만년의 작품들을 자주 읽으며 깊은 감동에 젖는다
이 시집들을 읽으면 한결같이 탐스러운 열매들이라는 생각이다
젊은 날의 시들은 꽃이거나 무성한 수목이랄까
바야흐로 인생 원숙기의 황금빛 열매들
최후의 승자와도 같이 겸허하고 화려한 수식도 기교도
없는 자기 고백
장엄하도록 아름다운 노년의 모습들이다
70대를 살아보지 못한 시인들의 시에서는 볼 수 없는
향기와 빛깔과 혜안이 번뜩인다
인생의 참모습을 꾸밈없이 보여주고 있다
젊은 시인들의 오만과 광기 현란한 수식 엄살과 기교엔 식상한다
나는 한동안 더 70대 시인들에 심취하리라
인생과 문학의 좋은 본보기를 거기서 볼 것 같다

<제 5시집 · 1993>

179

세상을 살되

세상을 살되 저 야수처럼
내달리며 살 수만도 없는 일이고
저 한가롭게 지느러미를 놀리는 물고기처럼
유유자적할 수만도 없는 일이고
평화롭게만 보이는 저 공중의 새들에게도
새끼를 치고 식량을 구하는 일이
꽤 힘드는 일이 되는 것처럼
더욱이 요새 와서는 더욱 힘드는 일이 되는 것처럼
우리네 세상살이도 그와 별로 다를 게 없네
내달려야 할 때도 있고
유유자적 한가로울 때도 있는 것이고
식량을 구하고 새끼를 기르는 일에
사뭇 힘겨울 때도 있는 것이라
그렇더라도, 사람에게는
저 새와 짐승들하고는 다른 무엇이
또 있는 것이어서 그것을 저버릴 수도 없는 것이다

<제 5시집 · 1993>

180

비상

나의 삶은 온통 비상일세
삼십을 훨씬 넘도록 혼자 살다가 아내를 맞이한 것도
평화로운 고향에 살다가 박차고 서울에 올라온 것도
모두 비상이었네
내 인생에 그 무엇 평화롭게 이룬 것 하나도 없네
마음엔 늘 계엄령을 선포하고 경계근무를 하는 초병과 같이
전장처럼 살벌한 세상을 살아온 걸세
주일마다 미사에 간절한 나의 기도도 오늘은 아무래도
비상대책일 모양이네
피와 눈물로 범벅이 된 나의 시도 비상수단일 따름이네
남루한 목숨 부지하려는 힘에 겨운 몸짓일세
겨울이 지나면 봄이 오고
바람과 구름이 자연스레 만나고
강물이 흘러 바다에 이르듯 그렇게 평화로운 것 하나도 없네
언제 어떤 사태가 벌어질지 모르는 불안한 세태
돈벌이에 여념이 없고 권력잡기에 골몰하는 건
얼마나 부럽고 사치스러운 모습들인가
바캉스붐에 설레고 향락업소가 활개치는 것
얼마나 뱃속 편한 세상살이냐

미력한 정신으로 기도를 하고
무딘 펜 끝으로 시를 쓰며 나의 생존은 온통 비상일세
이 겨울이 지나면 봄은 정령 올 것인가

<제 5시집 · 1993>

꽃처럼 별처럼

풀잎이 풀잎을 일으켜 세우고
꽃들이 꽃들에게 손짓하는
들녘의 아침은 아름다워라

어둔 밤 반짝반짝 돋아나는 별
별들이 별들에게 손짓하는
밤하늘 별들은 아름다워라

내 곁에서 네가 빛나고
네 곁에서 내가 빛나면
꽃처럼 별처럼 얼마나 좋으랴

<제 5시집 · 1993>

아름다운 세상

때가 묻었으면 묻은 대로
죄를 지었으면 지은 대로
사람은 아름답고 그리운 존재

천국도 지옥도 닮은 이 세상에서
천사도 마귀도 닮은 사람들이
아옹다옹 다투며 살아가는 것이
눈물겨운 것만이 아니라
정답고 행복한 모습이기도 하다

더 즐거운 세상이 어디에 있는가
설령 어딘가에 천국이 있다 해도
나는 이 세상에 어우러져
술을 마시며 시를 쓰며 살고 싶다

<제 5시집 · 1993>

시를 읽다가

조병화 시인의 시를 읽다가
순수고독과 순수허무를 배운다
그 고독과 허무를 사는 시인이 부러워진다
나의 일상은 잡다한 일로 흐려있다
순수고독을 살 여유도 없이
순수허무를 살 지혜도 없이
좌충우돌 부대끼며 산다
그 고독과 허무를 잘 알고 있으면서도
바글바글 세속에 얽매어 산다
불안과 의혹과 비애를 산다
꿈과 희망을 살아야 할 텐데
기대와 낙관으로 내일을 살아야 할 텐데
마침내 순수고독을 살 수 있을 때까지
마침내 순수 허무를 살 수 있을 때까지

<제 5시집 · 1993>

낙천주의자

나는 낙천주의자
이 낙천론이 항상 나를 방해하였다
나는 항상 비관론자의 조롱을 받는다
음습한 비관의 늪에서 자라난 불신과 모함과 이기
내 낙천주의는 상처를 입고 비로소 피어나던 꽃송이
낙천의 뿌리와 줄기에 피어나던 비관의 꽃송이
낙천주의보다 아름다운 저 탐스러운 꽃송이

<제 5시집 · 1993>

상념

사람은 불완전하고
인생은 또 미완성인 채로
햇빛과 바람 속 그 시공을
참으로 많은 죄를 지으며
고독과 번뇌와 오해를 살고 나면
삶의 뒷자리엔 무엇이 남는가
내 삶을 키우던
시공의 햇살과 바람은 남아서
어떻게 또 나의 자취를 지울 것인가.

<제 5시집 · 1993>

원

애증의 삼각은 날카롭다
나이가 들어도 늙어가도 날카롭다
원이 비뚤어지면 삼각이 된다
삼각은 때도 없이 상처를 낸다
그 상처마다 꽃을 피우며 산다
저 날카로운 삼각을 다시
둥글둥글한 원으로 바꿔 놓을 순 없을까
항상 둥그런 원을 그리며 산다
피어나는 꽃들이
언젠가는 커다란 원이 되리라

<제 5시집 · 1993>

후반전

전반전은 패배하였다
설욕을 다지하며 후반전엔 선전하리라
부활의 꿈을 간직하고
전반전의 패배도 결코 패배가 아니었음을
모든 비극이 비극이 아니며
모든 절망이 결코 절망이 아니었음을 증명하리라
실연은 실연이 아니었으며
너의 배반이 결코 배반이 아니었음을
비관의 꽃송이 떨어진 자리에
낙천의 탐스러운 열매 맺게 하리라

<제 5시집·1993>

불혹

불혹이라니 무엇에 현혹되지 않는단 말인가
물질의 욕심 앞에 초연할 수 있단 말인가
생사번뇌를 초월하여 자유롭다는 것인가
미인을 만나더라도 서화담 어른처럼
자세를 흩트리지 않는단 말인가
불혹을 서너 해 넘기고서도
나는 그 말의 뜻을 대강도 짐작 못하고
저 아우성치는 세상의 욕망에
항상 귀를 솔깃하고 있거니

<제 5시집 · 1993>

190

봄이 내게로 와

봄이 내게로 와 또 한 해를 살라고 한다
저 바람 속 거닐며 그리워하라고 한다
피어나는 꽃들 바라보며 추억에 젖으라 한다

욕심도 버리라 한다
미움도 버리라 한다
저 강물 따라 뜨거운 뙤약볕 더불어
굽이굽이 골짜기를 흐르며 살라고 한다

용서하라 한다 잊어버리라 한다
헤어지는 연습도 하라고 한다
흘러흘러 바다에 이르라고 한다

새 봄이 또 내게로 와
나무와 꽃과 잠자리 떼 나비 떼
떠가는 구름 파도소리와 함께
또 한 해를 사랑하며 살라고 한다

<제 5시집 · 1993>

비무장지대

　끝없는 싸움과 싸움 무장과 암투와 대결 사이에 아름다운 비무장지대는 있어 온갖 꽃들이 에덴의 동산을 이루고 온갖 새들과 동물들이 낙원을 이루어 평화롭게 살고 있는 자유의 영역 통일이 될 때는 되더라도 우리가 원수로 지내는 동안이라도 저 비무장지대는 평화롭게 두자 기어코 터지고야 말 전쟁이라면 터질 때 터지더라도 저 햇빛 찬란한 비무장지대는 아름답게 놓아두자 우리들의 적개심을 조롱이라도 하듯 한없이 평화롭기만 한 사슴의 무리 우리들의 총칼엔 아랑곳없이 천사의 미소처럼 피어나는 꽃송이들 마침내 저 들꽃과 사슴의 무리로 하여 찬란한 통일의 아침은 오고야 말리라 나는 오늘도 비무장지대에 가 살고 싶다 축복받은 땅이여 하늘의 영광이 고스란히 내려와 있는 곳 지상의 평화는 기어코 그곳에서 비롯되리니 천사들의 쉼터인 양 고요하고 평화로운 국토의 낙원 아무도 무장할 수 없고 함부로 침범하여 살욕을 꿈꾸지 못하는 곳 우리도 우리의 마음속에 햇빛 찬란한 순수의 영역 비무장지대를 지니고 살자

<제 5시집・1993>

5부

엄마 품

엄마 품

아가들을 모두
엄마의 품에 안기게 하자
포근한 엄마 품에서
착하고 아름답게 자라게 하자
꽃 같은 아가들을 모두
엄마의 환한 웃음과 함께
엄마의 손길에 길을 들이자
화장기 없는 엄마의 얼굴에서도
빛바랜 엄마의 치마폭에도
사랑과 평화는 오히려 아늑하거니
꽃같이 귀여운 아가들이
천사처럼 죄 없는 아가들이
엄마 곁에서 온 종일
재롱 피며 뛰놀며 자라게 하자

<제 6시집 · 1998>

서시

아직은 엄동의 계절
겨울잠 자는 파충류며 잠든 뿌리며
곤한 잠 설칠 때가 아니다

태양은 서둘러 서산을 넘고
잿빛 하늘가 찬바람 속
한겨울 저녁노을 석양에 차다

머지않아 봄은 오리라
얼음장 밑으로 졸졸졸 시냇물 흐르고
시냇가 버들가지 눈 뜨는 소리
우리들 가슴 희망의 고동소리

마침내 봄은 온 세상에 오리라
추운 겨울에 항거하던 몸짓으로
꽃샘바람 자락에도 섬찟섬찟 놀라며
나목의 가지에도 파릇파릇 잎은 돋아나리라

<제 6시집 · 1998>

그는 시인이 될 것이다

나는 시인이지만 그 이름이 무색하다
나더러 시인이 아니라고 해도 무방하다
시인보다 더 좋은 시를 쓰는 시인 아닌 사람도 있다
시인 아닌 사람보다 더 시를 못 쓰는 시인도 있다
나더러 시인이 아니라고 해도 무방하다
나는 이름 난 시인들은 좋아하지만
좋은 시를 쓰면서도 이름나지 않은 시인들을 더 좋아한다
시는 좋지도 않은데 이름만 나 있는 시인들도 있다
독자들은 이름난 시인들을 좋아한다
좋은 시를 써도 이름나지 않으면 거들떠보지도 않는다
그러나 나는 굳게 믿고 있다
좋은 시를 쓰는 사람이 시인이 아니더라도
반드시 승리할 것이라고
후세에 길이길이 빛을 발하리라고
이름 없이 좋은 시를 쓰는 사람들의 단단한 힘
좋은 시를 쓰지 못해 이름나지 않는다면 할 수 없는 일이다
이름 없이 좋은 시를 쓰는 사람들의 단단한 힘
비로소 그는 시인이 될 것이다
마침내 그는 시인이 되고야 말 것이다

<제 6시집 · 1998>

자화상

이제 바야흐로
오십의 봄날은 오리라
거울을 보면 거기
소년도 아니고 청년도 아니고
많이 낯익은 초로의 사람이
물끄러미 나를 바라보고 있다
많은 바람이 스쳐 지나간 자취
희망도 절망도 기쁨도 슬픔도
스쳐 지나간 흔적
사정없이 세파는 또
저 얼굴을 때리고 지나가리라

<제 6시집·1998>

여드레 달

윤팔월 여드레 달 중천에 걸렸네
나를 배신 지 몇 개월
어머니는 저만치 배가 불렀을까
달은 날마다 차올라
만삭의 보름달 고향하늘도 환히 밝히겠지
나를 배시고 어머니 얼마나 기쁘셨을까
만삭의 어머니 온통 기대에 부푸셨겠지
혼인한 지 5년 만에 나를 낳으시고
얼마나 자랑스러우셨을까
태몽을 얘기하실 때는
신바람이 나시는 듯했는데
나는 어머니의 기쁨이고 희망이었는데
어머니는 우리 집의 기둥이셨는데
마흔일곱 아들 어머니를 여의고
어머니 빈자리 이렇게 클 줄 몰랐네

<제 6시집 · 1998>

보름달을 보며

초하룻날 어머니 떠나시고
달은 날마다 차오르더니
오늘은 팔월대보름
환한 한가위 달이 떴네
어머니 떠나시고 나는
먼 하늘 바라보는 버릇이 생겼네
어머니 계신 그곳에서도 달이 보일까
저 달을 보시며 아들 생각하지 않으실까
초하룻날 어머니 떠나시고
오늘은 팔월대보름
난생 처음 차례상을 차렸네
수십 년 어머니가 차리시던 차례상을
오늘은 어머니가 받으셨네
아내는 어머니가 좋아하시는 음식으로 상을 차렸네
저 달이 다시 기울고
다시 초하루 초승달 떠오르겠지
나는 다시 날마다 차오르는 달을 쳐다볼 거야
어머니의 삶을 되돌아보며
어머니 얼굴 같은 보름달을 오랫동안 바라볼 거야
어머니 떠나시고 내게는
먼 하늘 바라보는 버릇이 생겼네

<제 6시집 · 1998>

승우가 자라면

일흔둘에 셋째 손녀 보시고
서운해 하셨던 어머니
서운함도 곧 잊고
사랑을 듬뿍 쏟으셨지
승우야 승우야 하시며
뺨을 부비시던 어머니
승우는 할머니를 기억하지도 못할 텐데

승우가 자라면 뭐라고 말해야 하나
할머니의 사랑을 어떻게 얘기해야 하나
승우 안고 찍으신 사진 한 장 없어서 안타깝기만 하네
승우 돌 때 할아버지 오시면
가족사진 하나 찍으려고 했는데
마루에 걸어놓을 가족사진
얼마든지 할머니 하고 사진도 찍고
나들이도 할 줄 알았는데

<제 6시집 · 1998>

제비에게

9월 중순
아직도 너는 이 땅의 하늘을 날고 있구나
제비야, 어머니 무덤가에 가서 훨훨 창공을 날아라
어머닌 아마 너를 기억하실 거야
고향집 마루에서 나를 기르실 적
너를 보고 또 보시면서
알뜰살뜰 부부 사랑하고 애지중지 새끼 키우는 너를 보시면서
어머니는 아직 아리따운 새댁
고향 하늘은 푸르고 계절은 화창하고
너는 평화의 들녘을 마음껏 날아다녔지
그리운 옛날 함께 살던 제비야
지난여름 막바지에 나의 어머니 돌아가셨단다
너 강남으로 떠나기 전에
저 김포 가는 길 한쪽 편 마전리
어머니 무덤가에 가서 훨훨 창공을 날아라
날로 하늘은 높고 푸르러지는데
가을꽃 하나 둘 피어나는데

<제 6시집 · 1998>

202

봉숭아꽃씨

그린벨트 내 서너 채 마을엔
아직도 고향처럼 봉숭아 빨갛게 피어있었지
그 마을에 가 봉숭아 꽃씨 몇 개 얻어왔네
조그만 봉지에 고이 넣어
어머니의 영정 곁에 놓아 두었네
가을 가고 겨울 가고 산천에 다시 봄빛 완연하면
봉숭아 꽃씨 내다 화분에 심었다가
부슬부슬 봄비 내리는 날 어머니 무덤으로 달려가
어머니의 무덤 앞에 봉숭아 몇 포기 심어야겠네
고향의 꽃밭처럼 봉숭아 자라나고
어머니 떠나시던 날 다시 오면
빨간 봉숭아꽃 예쁘게 피어나리라
가을이 늦기 전에 봉숭아꽃씨 몇 개 얻어왔네

<제 6시집 · 1998>

먼 길

아무도 동행할 수 없는 길
먼 길 홀로 떠나신 어머니
어머니와 함께 살던 이곳
바람 부는 세상에 홀로 서서
어머니 가신 먼 길 아득한 길을
바라보고 있습니다
하늘 천사 맞이하여
어머니 눈물 닦아드리고
꽃다발 한 아름 안겨드린다 해도
아들도 며느리도 없는 그 곳
손녀딸들도 없는 그 곳
어머니는 얼마나 외로우실까요

<제 6시집 · 1998>

봄날에

세상이 온통 꽃천지라도
하나도 즐겁지 않은 나의 마음을
어머니는 벌써 다 아시고
애비야, 엄마 생각 그만해라
나도 행복하게 살았구나
사람이 행복하면 얼마나 더 행복하겠니
애들 데리고 소풍이라도 다녀 오너라
나는 또 어머니의 마음을 다 알고
꽃도 새도 마냥 즐거운 이 봄날
자꾸자꾸 어머니 생각을 합니다

<제 6시집 · 1998>

어머니의 사진을 보며

어머니의 사진을
조용히 가슴에 대어봅니다
따뜻한 어머니의 체온이
핏줄을 타고 햇살처럼 번져갑니다
어머니의 사랑이 강물처럼
내 안에서 출렁입니다
나는 다시 어린아이와 같이
어머니의 음성이 듣고 싶어집니다
"애비야" 부르시는 음성이 들려옵니다
눈에는 금세 이슬이 맺힙니다
나는 누가 들을세라 나직이
"어머니, 어머니" 하고 불러봅니다

<제 6시집 · 1998>

향을 피우며

어머니 떠나시고 열이레
어머니 영정 앞에 촛불을 켜고 향을 피웁니다
어머니의 얼굴이 나를 물끄러미 바라보십니다
눈에는 눈물이 글썽이는 듯도 하고
어서 가서 저녁 먹어라 하시는 듯도 하고
아들을 대견스럽게 바라보시는 듯도 합니다
무슨 말씀을 하실 것도 같은데
아무런 말씀도 없으신 어머니
어머니의 마음을 저는 잘 알고 있습니다
아무런 말씀이 없으셔도
어머니의 소망 아들은 벌써 다 알고 있어요, 어머니

<제 6시집 · 1998>

이제 잊어야겠다

이제 잊어야겠다
하루 세 번 잊으려도 아니 잊다가
먼 세월 흐른 뒤에 이제 잊어야겠다

이제 잊어야겠다
눈이 오나 비가 오나 아니 잊다가
낙엽지는 이 가을 이제 잊어야겠다

이제 잊어야겠다
일년 이년 삼년도 아니 잊다가
한 세상 다 보내고 이제 잊어야겠다

이제 잊어야겠다
봄 여름 가을 겨울 아니 잊다가
아카시아 꽃 질 무렵 이제 잊어야겠다

<제 7시집 · 2008>

외로움

바람처럼 가벼이 들길 걷다가
봄볕 속에 앉아 신록의 산야 바라보며
인생은 참 외로운 것을
어제의 추억 있고 내일의 희망 있어도
친구 있어 기별 오고 일상이 늘 바쁘더라도
사람 사는 일 참 외로운 것을
오늘도 온종일 네 생각
삶이 외로워 네가 그리운 걸까
네가 있어 이 봄날 외로운 걸까
바람처럼 허허롭게 들길 걷다가
풀밭에 앉아 호수의 물결 바라보며
꽃피는 계절도 이렇게 외로운 것을

<제 7시집·2008>

그런 날

그런 날이 올까
물음표를 찍으며 너의 편지는 끝나고
나는 너의 편지를 읽고
그런 날을 가만히 떠올려 본다
천지사방 꽃들 만발하게 피고 너 한 송이 꽃인 양
거기 그 자리 고운 자태로 날 기다려 있을 그런 날
몇 밤을 손꼽아 기다리다가 마침내
아침부터 마음이 설레 하는 일마다 손에 잡히지도 않다가
너를 만나러 서둘러 발길을 옮겨놓는 그런 날
천지간에 자유로운 바람과 구름
나무향기 가득한 숲속에서
내 사랑의 말을 다소곳 네가 듣는 그런 날
기어코 나는 세상에 살면서 사랑을 했던 즐거운 사나이
설령 어느 황혼의 계절에 그런 날이 온다 해도
너와 나눈 고운 사랑의 밀어
네 사랑의 고백을 내 마침내 듣고 만 것은
이 가혹한 삶의 전장에서
내가 얻어 가진 가장 값진 전리품이 될 것이다

<제 7시집 · 2008>

논두렁 밭두렁

논두렁 지나 학교에 가고
밭두렁 걸어서 일꾼에게 새참 날라주고
나의 유년은 논두렁 밭두렁
들길 산길로 쏘다니며 하루해를 다 보냈다
걷는 길가 메뚜기는 떼를 지어 날고
잠자리는 앞서거니 뒤서거니 길동무 했다
소나기도 땡볕도 나의 친구였다
시냇물도 송사리도 나의 동무였다
고향을 떠난 지 몇 해인가
이 골목 저 골목 도회지를 걷는다
쇼윈도를 들여다보거나
음식점에서 흘러나오는 구수한 냄새를 맡으며
쇼윈도를 들여다보는 일보다
음식점에서 새어나오는 구수한 냄새보다
논두렁 밭두렁의 풀냄새가 좋아
나는 가끔 들길로 나가 혼자 걷는다

<제 7시집·2008>

211

저녁노을

어떤 여자는 따라가겠다고 나뒹굴며 몸부림치고
어떤 여자는 머리 깎고 절로 들어가고
어떤 여자는 연애편지를 공개하고 나서더라는 내 얘기에
청마를 비난하고 나서던 너
나도 청마처럼 편지를 쓰고 싶었네
근원적 고독과 향수를 어쩌지 못해 들길로 나서는 날엔
봄비 기다리는 가문 들녘 되어 네 생각에 사로잡히네
먼 하늘 햇빛 속에 잠겨있는 꿈결 같은 옛 이야기
번민과 고독으로 절망 같은 안개 자욱하던 날
한 그루 꽃나무처럼 화사하게 꽃을 피우던 너
사랑은 이렇게 잡히지 않는 아련한 그리움인가
사랑이 아니라면 무엇이라 이름하여 너를 부르랴
홀로 바라보는 저녁노을 먼 서산마루에 곱다

<제 7시집 · 2008>

모색 (暮色)

기울어가는 석양 아래서
멀어져 가는 네 모습 생각하며 있나니
저 마지막 불타는 노을 속으로
서서히 어둠이 찾아와 자리하듯
뙤약볕 같던 나의 연정
이대로 저 어둠 속으로 사라지고 말 것인지
아, 그대여
우린 차라리 오다가다 만나는
무심한 구름이어야 했을 것을

<제 7시집 · 2008>

213

뜸부기는 있다

몇 해 전 모 방송국에서
뜸부기를 찾기 위해 전국을 헤맸다고 했다
자연 다큐멘터리 프로였을 것이다
결국 충남 태안에서 한 쌍이 발견되어
생생하게 그 생태가 보도된 걸 보았다
그 후로 난 뜸부기는 멸종되었다고 생각했다
아니 곧 멸종될 거라고 생각했다
어릴 적 집 앞 논배미에서 뜸 뜸 하고 울던 뜸부기
장마가 시작돼 부슬부슬 비가 내리는 속에서도
벼 포기에 몸을 숨기고 뜸부기는 그렇게 울곤 했다
그 후 뻐꾹뻐꾹 뻐꾹새 숲에서 울고
뜸북뜸북 뜸북새 논에서 울 제 하는 노래를 들을 때나
그 노래를 흥얼거리며 들길을 걸을 때
아련한 옛 동무처럼 뜸부기가 그리웠다
논길을 걸을 때마다 습관처럼 뜸부기를 생각했다
2005년 7월 시흥 앞 들녘에서 나는 들었다
자전거를 타고 질주하다가 어렴풋이 뜸 뜸 하는 소리
나는 자전거를 멈추고 소리의 방향으로 귀를 세웠다
뜸 뜸 분명한 그 소리 어릴 적 듣던 바로 그 소리

저만치 풀이 우거진 논두렁에 뜸부기가 울고 있었다
2006년 여름 바로 엊그제에도 나는 들었다
인천시 생태공원 만수하수처리장 뒤 논배미에서
7월 초순 오후 또다시 들려오는 뜸 뜸 틀림없는 그 소리
나는 또 곧바로 자전거를 세우고 귀를 곧추세웠다
저만치 논배미에 모습을 감추고 뜸 뜸 울어대는 먼 옛날의 뜸부기

<제 7시집 · 2008>

제비꽃 연가

제비꽃 보러 갈까
나의 편지에
제비꽃 손짓하면 그때
답신 보내온 그대
시절은 일러
제비꽃 아니 피고
마음은 서둘러
봄 길로 나서네
제비꽃
언제쯤 편지를 보내올까
손꼽아 기다리는
그대의 소식
기다리다 날 저무는
외로운 심사

<제 7시집 · 2008>

제비꽃

제비꽃 피었다는
그대의 편지 받고
한나절 봄볕 속
들녘을 헤맸네
민들레가 방긋 웃는
논두렁에도
작은 풀꽃 반겨 맞는
밭두렁에도
한나절 다가도록
못 찾았네 제비꽃
제비꽃 못 찾고
이 봄 다 지나가면
제비꽃 지고 나서
그대 멀리 떠나면
내 사랑은 멀고 먼 추억
눈 내리는 들길
혼자 걸으며
옛 사랑의 노래
바람에 띄우리

<제 7시집·2008>

토요일 오후

허름한 주막에 앉아서
환담을 나누는 초로의 두 신사
나는 이만치 앉아서 혼자 술잔을 비운다
저 분들은 퇴직한 샐러리맨
말투와 외양만으로 나는 금방 알아낸다
직장을 내놓고
한가하게 추억담을 나누는 정겨운 모습
퇴직금은 두둑이 받았을까
연금이라도 받는 것인가
탁자와 탁자 사이
저만치
나는 내일의 내 모습을 보고 있다
한가한 토요일 오후
밖에는 오후의 햇살이 빛나고

<제 7시집 · 2008>

218

백로

여기 폐염전과 갯벌 어우러져 펼쳐진 넓은 벌판
갈매기 한 마리 길 잃어 애달피 끼룩거리며
잔뜩 흐린 하늘 높이 배회하고
저만치 부지런히 갯벌을 메워 흙을 돋우어
아파트 단지를 조성하는 바쁜 현장
나는 망연히 일모의 한 때를 폐염전 물웅덩이 곁에 서서
깃털 고운 백로 두 마리
서로 쫓고 쫓기는 긴박한 순간을 목격하노니
물가에 평화로이 노닐던 저 야생의 자유로운 새들이
무슨 일로 저리 치열하게 부리를 앞세우고
날개를 푸득거리며 물을 튀겨
치열하게 쫓고 쫓기는 싸움에 휘말려 있는 것인가
먹이를 놓고 한판 다투는 듯도 하고
저만치 어디 조신하게 있는 천생의 배필을 놓고
사투를 벌이는 듯도 하고
이내 쫓기던 녀석 공중으로 붕 날아올라
벌판에도 다시 평화가 깃드는 것을
나는 어린아이와 같이 망연히 바라보고 있다
저만치 아파트부지 토목 공사 현장 옆으로는

팔차선 도로 부산하게 건설 중에 있고
이쪽 기존 고속도로엔
온종일 매연과 소음을 일으키며 질주하는 차량들
대도시 인근 지역 이 번거로운 이십일 세기 초엽
백로 두 마리 희고 고운 날개를 푸득거리며 쫓고 쫓기고
부리를 앞세워 용감한 병사처럼 달려들어 혈투를 벌이는 양은
차라리 한 폭 아름다운 꽃 같은 풍경
나는 오늘
저들의 치열한 생존의 모습을 목격하고서 안도하노니
대도시 인근에도 저리 건강한 야성이 여전 살아 있다는 것
타고난 본성을 마음껏 펼쳐 보이는 저 경이로운 몸짓
까마득한 옛날
먼 조상 적부터 간직해온 저들만의 습성을
나는 대도시 인근 폐 염전 일모의 시각 한 폭의 그림인 양 보고 있다

<제 7시집 · 2008>

촌놈

점심을 먹고 텅 빈 사무실에 앉아
인천 시가지를 바라보니
인천에 오던 때가 어제 일인 양 떠오른다
인천에 처음 올 때는 촌놈이었다
서울서 대학은 다녔지만 여전히 촌놈이었다
고향 들녘 풍광에 내 뼈마디는 다 굵었다
인천에 온 지도 벌써 30년이 되었네
촌놈이 인천 와서 30년 동안 굶지 않고 살았으니
하늘이 버리지 않고 지켜준 게 틀림없다
30년을 살아보니 대도시도 별로 볼 게 없다
처음 올 때보다 낯선 것은 조금 면했지만
여전히 나는 옛날 그대로 촌놈이다

<제 7시집 · 2008>

221

그해 봄

너의 편지를 잘게 찢어
꽃잎 뿌리듯 봄길 위에 뿌리니
매화꽃잎 흩어지듯
네 추억 우수수 바람에 날렸네
세상 어디에도 꽃 한 송이 피지 않았지
산에도 들에도 꽃이 피지 않았지
그해 봄엔

<제 7시집 · 2008>

별의 말

별이 밤하늘에 빛나듯이
그녀에게서 반짝이는 빛
하늘의 별 바라보듯이
먼 마을에 반짝이는 그녀를 본다
별의 말이 밤하늘 빛이듯이
그녀의 언어는 땅의 향기다
별들의 말을 흉내 낼 수 없듯이
그녀의 향기를 설명할 방도가 없다
별의 말이 시인의 시가 되어 태어나듯이
그녀의 향기는 가끔 나의 노래가 된다
나는 그녀의 향기에 취해있다
밤마다 나의 하늘에
별빛처럼 흐르는 그녀의 향기
나의 사랑에 돌을 던지지 말라
그녀의 향기가 나의 시가 되었을 뿐이다

<제 7시집 · 2008>

별

도덕은 너와 나의 사이에 폭군이 되고
종교는 너와 나의 사이에 철의 장막을 친다
나는 누구에게도 갈대밭 오솔길을 말하지 않고
가을날의 석양을 얘기하지 않는다
도덕이 횡행하는 거리 활보하기는 위험하다
교리가 난무하는 세상
너와 나의 길은 험난한 가시밭길
네가 생각나는 날엔
에덴의 동산을 걷듯 들길을 걷는다
무화과나무 곁에서 이브는 나를 기다리고 있을까
나의 하늘에 별 하나
캄캄하게 소식 없는 날은 금세 금단증상이다
이 간절함도 불륜의 쓰레기 더미로 던져지고 말 것인가
한낮 열기에 시들어 버릴 연약한 생명
기어코 한낱 달콤한 죄의 유혹이고 만 것인가
긴 산 그림자 더불어 나는 모색(暮色)의 풍경 속을 걷고 있다

<제 7시집 · 2008>

마지막 편지

너에게 편지를 쓸 때마다
이 편지가 마지막 편지가 아니기를 빌어본다
나의 사랑은 왜 이렇게 불안정한가
조금만 한눈을 팔면 보이지 않는 곳으로
멀리 날아가 버릴 것만 같은 너
이 편지가 마지막 편지가 아니면 좋으련만
너에게서 아무런 답장이 없이 계절이 바뀌면
이것이 마지막 편지가 될 수도 있는 것이다
너에게서 아무런 회신을 받지 못하고
이 편지가 내가 너에게 보낸 마지막 편지가 된다면
내 사랑은 먼 하늘 떠도는 구름 한 조각

<제 7시집 · 2008>

들녘은 꽃씨를 받아

들녘엔 꽃
하늘엔 별
대지에 태양 빛나니
우리도 빛나는 사랑 할 수밖에 없다
붉은 노을은 태양의 열반송
사는 것은 서로 사랑하는 일
밤과 낮이 몸을 맞대고
하늘과 바다 한 몸을 이루듯
너와 나의 연분도
우주의 질서, 대자연의 꽃봉오리
들녘은 꽃씨를 품에 안고
하늘은 철새의 길을 열어 놓는다
이제 곧 함박눈 내리고
대지는 다시 부활을 꿈꾸며
곤한 겨울잠에 들리라

<제 7시집 · 2008>

항구도시의 봄

뭇사람들 피워 올린 그리움이다
간곡한 기다림 화사한 꽃으로 피어난 것이다
산에 들에 마을에 저 꽃 사태는
그리움 먼저 달려가 환한 꽃 세상 만들어 놓은 것이다
천국의 들녘이 아마 저럴 것이다
이제 마음속에 꽃만 피우면 된다
어느 세상이 이보다 더 아름다울 것인가
지상 최고의 잔치가 지금 항구도시에서 벌어지고 있다

<제 7시집 · 2008>

우리 엄마 작은 무덤

우리 엄마 무덤에
작은 무덤에
겨자씨만큼이나 작은 무덤에
작은 풀꽃 몇 개 피어났네요

우리 엄마 무덤에
작은 무덤에
해 저물녘 찾아가 옆에 앉아서
오순도순 얘기하고 돌아옵니다

<제 7시집 · 2008>

228

항구도시

내 고향에선 바다가 멀기만 한데
이곳엔 엎어지면 코 닿을 데 바다가 있다
내 고향에선 갈매기 구경도 하기 힘든데
이곳에선 집 밖에만 나가도 갈매기 천지다
내 고향에선 소금장수가 소금을 지고 왔는데
이곳에 그 많았던 염전 다 어디로 갔나
내 고향에선 오곡백과 무르익었는데
이곳 어시장엔 사시사철 해물이 넘친다
농촌에서 자란 내가 지금은 항구도시에 와서 산다

<제 7시집 · 2008>

229

고향생각

조용히 눈을 감고 고향을 생각하면

맴 맴 맴 매미소리 소나기처럼 쏟아진다

사립문 옆 꽃밭으로는 나비떼 벌떼 북새통이다

미루나무가 줄지어 선 그늘막에는

객지에 나간 아들 사시사철 기다리는 할머니도 있었다

텃밭엔 하얀감자꽃 자주감자꽃 줄지어 피고

어머니는 날마다 아욱국만 끓였다

시름시름 앓다가 할아버지 돌아가신 후

마을 어귀 야산엔 큼지막한 무덤히 하나 새로 생겼다

조용히 눈을 감고 고향을 생각하면

우물가로 마을길로 할아버지 무덤으로

눈부신 금빛 햇살이 폭포수처럼 쏟아진다

<제 7시집 · 2008>

해질녘

고추밭에는
고추가 주렁주렁 열리고
이제 곧 첫서리가 올 텐데
어서 고구마도 캐야 할 텐데
참깨도 털어야 하고
콩도 털어야 하고
수수이삭도 잘라야 하고
들녘은 온통 일손을 기다리는 것들 뿐인데
허리가 휘도록 갈걷이에 바쁜 건
수수깡처럼 말라빠진 까칠한 노인들 뿐
오늘 같은 공일엔
자식들 잠시 내려와
늙은 부모 일손 좀 도왔으면 좋으련만
뉘엿뉘엿 지는 해에
긴 그림자 홀로 들녘에 외롭다

<제 7시집 · 2008>

231

어떤 신문기사

네 형제가 고시에 합격한
노부모의 얘기가 신문에 실렸다
사진 속의 어머니는
고개를 바로 하지도 못하고
오부자의 가운데쯤으로
45도가 기울어져 있었다
오, 우리 아들들 하고
말하고 있는 것 같았다

어머니, 나의 어머니
나도 어머니의 장한 아들이었지요

<제 7시집 · 2008>

미꾸라지를 보다

용산 수산시장에서 미꾸라지를 본 게 아니다
인천 소래포구에서 미꾸라지를 본 게 아니다
소래포구엔 없는 거 없이 다 있지만 바다 것만 있지
민물 미꾸라지는 단연코 없다
옛날 시골에서 자랄 때 농한기에
물웅덩이에 물을 퍼내고 막 주워 담던 미꾸라지
장마철에 냇물이나 논고랑 수초 사이에서 건져내던 미꾸라지
그 토종 미꾸라지를 오늘 인천들녘에서 봤다
장마에 논마다 수로마다 물이 넘치고
사람들이 저마다 그물을 들고 나와 물길을 후리면
한 움큼씩 잡혀 나오는 내 어렸을 적 그 미꾸라지
더러는 주먹만 한 토종 붕어가 건져지기도 하는 걸
농사 푸대접 받고 농민들 다 짐 싸들고 농촌 떠나고
농약에 비료에 씨가 말랐을 것 같던 송사리 미꾸라지
이 장마통에 인천근교에서도 잡히는 걸 보면
저 들녘이 아직은 건강하게 그것들을 길러내고 있는 것이다

<제 7시집·2008>

233

제비 마중

삼월삼짇날 다가오니
제비 마중이나 나가야겠다
해마다 개체수 줄어든다 하니
올핸 혹시 안 올지도 몰라
자전거를 타고 들녘을 내달리니
봄바람 비단처럼 부드러운데
철이 이른 탓인가 제비는 아니 뵈고
멀리 봄길 위에 다정한 연인들

<제 7시집 · 2008>

제비 배웅

일찍 일과를 마치고 귀가하니
해가 중천에 걸렸다
목로에 나가 낮술이나 한 잔 할까
소래에 나가 바람이나 쏘일까 망설이다가
자전거를 끌고 나왔다
제비에게 인사라도 해야지
중양절도 가까웠는데
서창 들녘을 지나
해양 생태 공원을 지나
시흥 벌판을 한 바퀴 둘러봐도
푸른 하늘엔 흰 구름 뿐 제비가 없다
아무래도 올해는 일찍 길을 나섰나보다
살기 좋던 옛날을 아쉬워하며
먹을 것도 집 지을 곳도 여의치 않아
내년 봄 다시 와야 할지
오지 말아야 할지 수심에 싸여
올해는 예년보다 빨리 강남길에 올랐나보다

<제 7시집 · 2008>

들길

끝없이 이어진 들길로 중년의 남자 하나 자전거를 타고 간다
사방을 둘러보아도 인적 없는데
농사철도 아닌 한겨울에 무슨 일로 자전거를 타고 나섰을까
구조 조정 바람에 회사를 그만두고 재기의 기회를 찾고 있는 중일까
홀어머니 여의고 회한에 울며 마음 달래려 나선 걸까
가난한 시인이 외로움을 달래려고 자전거 하나 장만하여
운동 겸 해서 타는 걸까
바람에 갈대만 서걱거리는 들판 콧노래를 부르며 가는 저 사람
출가하여 속세와의 인연을 끊지 못한 걸 후회라도 하는 걸까
첫사랑의 여인을 아직도 못 잊어 나직하게
그의 이름을 불러보는 걸까
로버트 프로스트의 '가지 않은 길' 나직이 읊조리며 삶의 여정을
회상하여 보는 걸까
중년의 남자 하나 자전거를 타고 끝없이 이어진 들길을 간다

<제 7시집 · 2008>

배필

하늘과 바람과 별과 함께
윤동주 시인 지금도 살고 있듯이
너는 나와 함께 살고 있다
나의 시와 함께 살고 있다
너는 나와 한 몸 되어 나의 시를 낳았다
내 시엔 너와 나의 유전인자가 들어 있다
내 시를 읽는 사람은 알 것이다
내 시가 네 몸을 빌어서 태어났음을
내 시의 피가 되고 살이 된 너
너와 나는 일심동체
시는 살아있는 생명체
나는 너와 짝을 이루어 생명을 낳았다
시인은 우주만물 가운데 짝을 고른다
짝을 이루어 자기를 빼닮은 시를 낳는다
육신의 자녀가 잊혀지는 날에도
시의 자녀는 남아 천년을 산다
천년의 배필 너를 닮아 수려한 나의 시는
어미아비의 이름을 후세에 빛내리라
사랑의 증표가 되어
오랜 세월 향기로운 꽃으로 피어 있으리라

<제 7시집 · 2008>

팔십삼 세 어머니

어머니 지금도 살아계셔서
팔십삼 세가 되었더라면
방 하나 늘려 이사한 것 말고
세상이 변한 것 아무것도 없어도
자식의 서러운 마음은
한결 덜했을 것을
어머니 지금도 살아계셔서
팔십삼 세가 되었더라면
저 가로수 몸통 굵어진 것 말고
세상이 변한 것 아무것도 없어도
자식의 원통한 마음은
한결 덜했을 것을

<제 7시집·2008>

너 거기 햇빛으로 있어라

너 거기 햇빛으로 있어라
그래 너 거기 추억으로 있어라
추억에서 피어난 꽃송이로 있어라
네 생각이 나면 들길로 나설 것이니
너는 거기 옛 동네 꽃밭 같은 곳에서
나이를 먹어가며 노후를 맞으며
그래 거기 반짝이는 언어로 있어라
내가 언제 너를 사랑한다 하든
너는 그냥 낯익은 풍경으로 오래 거기 있어라
다가갈 수도 없는 너
멀어질 수도 없는 너
너는 베를 짜고 나는 밭을 갈며
까마귀와 까치 다리를 놓을 때까지
너는 향기로운 흙냄새로 있어라
무더운 여름날 솔바람으로 있어라
쓸쓸한 가을 들녘 들꽃처럼 있어라
살다가살다가 외로워지거든
눈을 들어 모색 짙은 들녘에 눈길 한번 주어라
항시 네 생각에 젖어 사는 한 사내의 그림자를 보리라

<제 7시집 · 2008>

239

두 별

혼탁한 세상 밤하늘엔 오직 검은 하늘뿐
하늘에 두 개의 별 있는 줄 누가 알리요
오직 맑은 산정에서 보이는 두 개의 별
어느 날 어지러운 세상 홀연 떠나
하늘에 별이 된 두 연인
새벽이면 늘 함께 숨어버린다
별들에겐 하나씩 이름이 있다
별들은 서로서로 이름을 부른다
아무도 모르게 별들은 제 짝의 이름을 부른다
아무도 그들의 밀회를 본 적이 없다
밤 깊어 구름 속에 숨더라는 소문만 무성할 뿐
아무도 그들의 밀회를 본 사람은 없다

<제 7시집·2008>

오래된 편지

연둣빛 편지지에 또박또박 쓰인 오래된 편지
낡은 책갈피에 오랜 세월 잊혔다가
오늘 아침 햇살 퍼질 무렵 문득 다시 나타난
푸릇푸릇 젊음이 묻어나는 열아홉 살 네 편지
오늘 네가 이렇게 새롭게 다가오려고
나는 너를 오래 잊지 못했나보다
너를 생각할 때마다 만발하던 아카시아꽃
옛날을 회상할 때마다 진동하던 아카시아 향기
계절은 다시 십이월로 접어드는데
네 편지에선 오월의 향내가 난다
이제 곧 눈 내리고 초겨울 한파 닥쳐올 텐데
네 편지에선 열아홉 살 향기가 난다

<제 7시집 · 2008>

눈 내리는 날

눈 내리는 들판을 바라보면
하얗게 눈이 쌓인 초가지붕
모락모락 저녁연기도 피어오르고 있다
저녁밥을 지으시는 어머니가 계시고
하이네를 읽는 소년도 있다
아버지를 여읜 소년이 외롭지 않은 것은
뜨거운 피 끓는 청춘과 희망이 있는 까닭이다
그 청춘 그 희망이 없었다면
소년은 시름시름 앓다가 죽었을 것이다
펄펄 눈 내리는 들판을 바라보면
슬픈 낯빛의 소녀가 걸어온다
소녀를 알고부터 소년은 시를 썼다
나의 베아트리체 나의 에겔리아
소년은 시인도 되고 싶었다
펄펄 눈 내리는 들판을 바라보면
슬픈 낯빛의 소녀가 눈 속에서 걸어온다

<제 7시집 · 2008>

육신

어머니의 육신은
이제 다 썩었을 거야

내가 먹고 자란 어머니의 젖
그 젖무덤도
이제 다 썩어서
흙이 되었을 거야

사시사철
밥상 차려주던
어머니의 손

그 따뜻하던 손도
이제 다 썩어서
아무런 흔적도 없을 거야

어머니의 육신은
이제 다 썩어서
바람이 되고
물이 되었을 거야
저 강산 저 들판
햇살이 되었을 거야

<제 7시집·2008>

승천

어머니 돌아가셔서
한 십리쯤 가시다가
다시 돌아오셔서는
얘야, 네 아버지 불쌍하게 생각하거라
얘야, 네 댁한테 잘 하거라 당부하시고는

또 한 백리쯤 가시다가
다시 한 번 돌아보시고는
아무 말씀 하지 않으시고
홀연히 승천하셨네

<제 7시집 · 2008>

쫑알쫑알 쫑얼쫑얼

김종태(1939~) : 경남 창녕 출생. 작곡가. 부산에서 중고등학교 교장 정년퇴직
　　　　　　현재 경상대학교 객원교수. 합창곡, 가곡, 실내악, 피아노곡 등 80여 편 작곡

최일화

1949년 경기도 안성 출생
1962년 공도초등학교 졸업
1965년 평택중학교 졸업
1968년 평택고등학교 졸업
1969년 고려대학교 국어국문학과 입학, 중퇴
1971년 명지대학교 외국어교육과 입학, 졸업
1973년 육군 제1하사관학교 졸업, 육군하사로 예편
1988년 인천대학교 교육대학원 영어교육과 졸업
1995년 한국방송통신대학교 국문과 3학년 편입, 졸업
1979년 선인고등학교 교사
1981년 송산종합고등학교 교사
1982년 인천운산기계공업고등학교(현 도화기계공업고등학교) 교사
1995년 인천기계공업고등학교 교사
1999년 학익여자고등학교 교사
2004년 선인고등학교 교사
2011년 현재 인천남동고등학교 영어교사 재직
2011년 8월 정년퇴직 예정

인터넷신문 '오마이뉴스' 시민기자, 한국교육신문 인터넷판 리포터로 활동
1985년 한글날 기념 KBS TV 백일장 시 '가을' 입선
1986년 한국작가회의 회원 가입
1988년 한국문인협회 인천광역시 지회 회원 가입
1985년 첫 시집 <우리 사랑이 成熟하는 날까지> (민정문화사)
1988년 시집 <사랑 하나 고뇌도 하나> (도서출판 日善)
1990년 시집 <사랑스러운 너의 어머니가 너의 사랑스러움을 믿듯이> (도서출판 靑鶴)
1991년 종합문예지 <文學世界> 3월호에 시 '겨울 배추밭에서' 외 3편으로 신인상 수상
     (申瞳集시인 추천)
1992년 시집 <내 너를 위로하리라> (성 황석두루가서원)
1993년 시집 <꽃과 하늘 그리고 사랑> (도서출판 고글)
1998년 시집 <어머니> (도서출판 영하)
2005년 에세이집 <태양의 계절> ((주)에세이퍼블리싱)
2008년 시집 <해질녘> ((주)에세이퍼블리싱)
2009년 에세이집 <봄은 비바람과 함께 흙먼지 날리며 온다> ((주)에세이퍼블리싱)

소래갯벌공원

초판인쇄 | 2011년 6월 30일
초판발행 | 2011년 6월 30일

지 은 이 | 최일화
펴 낸 이 | 채종준
펴 낸 곳 | 한국학술정보㈜
주   소 | 경기도 파주시 교하읍 문발리 파주출판문화정보산업단지 513-5
전   화 | 031) 908-3181(대표)
팩   스 | 031) 908-3189
홈페이지 | http://ebook.kstudy.com
E-mail | 출판사업부 publish@kstudy.com
등   록 | 제일산-115호(2000. 6. 19)

ISBN   978-89-268-2368-2 93810 (Paper Book)
        978-89-268-2369-9 98810 (e-Book)

이담 books 는 한국학술정보(주)의 지식실용서 브랜드입니다.